KB114618

도시의 주인

말리브 장편 소설

FUSION FANTASTIC STORY

도시의 주인 6

말리브 장편 소설

초판 1쇄 찍은 날 § 2014년 6월 26일
초판 1쇄 펴낸 날 § 2014년 7월 3일

지은이 § 말리브
펴낸이 § 서경석

편집부장 § 권태완
편집책임 § 박은정

펴낸곳 § 도서출판 청어람
등록번호 § 제387-1999-000006호
등록일자 § 1999. 5. 31
어람번호 § 제1-1886호

주소 § 경기도 부천시 원미구 부일로 483번길 40 서경B/D 3F (우) 420-822
전화 § 032-656-4452 팩스 § 032-656-4453
http://www.chungeoram.com
E-mail § chungeorambook@daum.net

ⓒ 말리브, 2014

ISBN 979-11-316-9102-1 04810
ISBN 979-11-316-9005-5 (세트)

※ 파본은 구입하신 서점에서 교환하여 드립니다.
※ 저자와 협의하여 인지를 붙이지 않습니다.
※ 이 책은 도서출판 청어람과 저작자의 계약에 의해 출판된 것이므로,
    무단 전재 및 유포 · 공유를 금합니다.

도시의 주인

말리브 장편 소설

FUSION FANTASTIC STORY

6

도시6권

청어람

CONTENTS

장 1

어둠을 밝히는 빛

오랜만에 마나 수련을 하며 마음을 가라앉혔다.

내 안에서 요동치던 드래곤의 숨결도 잔잔해졌다.

바쁘다고 마나 수련을 하지 않으면 5서클의 벽을 깨지 못한 지금의 나는 드래곤 하트의 영향으로 점차 포악해지는 성격을 통제할 수가 없다.

김원 선생과 함께 정제한 드래곤 하트는 괜찮았다.

그러나 히말라야의 크레바스에서 갇혔을 때 먹은 드래곤 하트는 나처럼 낮은 서클을 가진 마법사가 소화하기에 무리가 있었다.

그래도 그 양이 크지 않아 마나 수련만 꾸준히 하면 통제가 되니 무척이나 다행이었다.

햇볕이 따스하다.

나른한 오후의 상큼한 가을바람 냄새가 열려진 창문으로 살며시 불어 들어온다.

약간 서늘하면서도 따스함이 공존하는 오후는 나의 상념을 잡아 이끌었다.

그러고 보니 회귀하고 7년의 시간이 흘렀다.

그동안 결혼을 하고 딸도 태어났다. 돈도 많이 벌었다.

제법 만족스러운 삶이었다.

그런데 구운몽처럼 '이 모든 것이 일장춘몽이었다' 하며 성진이 깨달음을 얻는 장면에 내 인생이 오버랩 되면 곤란했다.

그래서 올해부터 내게 온 행운을 이웃과 함께해야겠다고 생각했다.

마음은 그런데 '어떻게' 라는 부분에서 막힌다.

최소 비용으로 최대 효용을 얻겠다는 고민 따위가 아니었다.

손에서 벗어나는 것은 내 것이 아니니 효용성 따위는 애초에 고려 대상이 아니었다.

하지만 여전히 '어떻게' 에서 더 나아가지 못했다. 아주 기초적인 방법의 문제였다.

주머니에서 스마트폰을 꺼내 다운받아 놓은 동영상을 돌려 본다.

현주의 얼굴이 보이고 나미의 목소리가 들려온다.

「다음」에 출연했던 영상이었다.

보고 있으면 희미한 미소가 절로 고이게 하는 말들이었다.

그래서 다른 사람들에게 들키지 않게 혼자서만 봤다.

사랑한다는 말은, 그리고 존경한다는 말은 언제 들어도 즐겁다.

「다음」이라는 프로그램에서 현주와 아이들은 그 말을 다르게 표현하고 있을 뿐, 온 국민 앞에서 나에게 사랑한다고 말하고 있었다. 그래서 몇 번을 봐도 입가에 저절로 미소가 고였다.

사람은 자기가 한 행동이 언제나 되돌아온다는 사실을 잊는다.

그러니 사기를 치고 못된 짓을 할 수 있는 것이다.

조금만 주의 깊게 살펴보면 누구나 알 수 있는 사실을 애써 외면한다.

미워하고 모욕하고 무시하는데 웃어주는 사람은 없다.

그것이 비록 피를 나눈 가족이라도 말이다.

그러니 가까운 사이일수록 배려하고 예의를 차려야 자신

이 행한 행동들이 아름다운 모습으로 돌아온다.

그래서 이 동영상은 귀했다.

늘 나를 존경하는 눈빛으로 바라봐 주는 아내가, 세상 사람들 앞에서 정말 그러하다고 고백하는 모습이 어찌 사랑스럽지 않은가?

"오빠, 뭘 봐?"

"헉."

소리 없이 다가와 내가 보고 있는 동영상을 훔쳐보는 소연이의 모습이 눈에 들어왔다.

"너 노크도 안 하고 이렇게 슬쩍 다가오면 어떻게 해?"

"헤, 그래야 오빠가 뭐하는지 알 수 있지."

"알, 알아서 뭐하려고?"

"그냥, 뭐하나 궁금해서."

약간은 4차원의 아우라를 풍기는 소연의 모습이 은근히 두려웠다.

6살 소연이가 12살의 소연이가 되고 나서부터 감당하기가 힘들어졌다.

아이들은 자라면서 열두 번도 더 변한다고 하더니 소연이가 그 짝이었다.

초등학교를 들어가기 전에는 그렇게 사랑스럽던 아이가 이제는 간혹 벌이는 엉뚱한 행동 때문에 무서울 때가 있었다.

사춘기가 빨리 왔는지 제법 의젓했다.

지금도 마찬가지였다.

그녀는 자신이 본 것을 다른 사람에게 말하고 다니지 않는다.

하지만 가장 안심하고 있을 때 꼭 한 번씩 뒤통수를 쳤다.

"보고 또 보고, 닳겠어요."

"내가 내 아내 얼굴 보는 것이 뭐가 어떠냐?"

"누가 뭐래요? 그런데 언니 얼굴 본다고 하면서 혹시 예쁜 효주 언니 보는 것은 아니죠?"

"너도 연애 소설 같은 거 그만 읽도록 해라."

"하하하, 어디 찔리는 게 있구나."

"내가 상대를 말지."

"아잉, 오빠!"

귀여운 척을 하며 팔에 매달린다.

나는 자연스럽게 주머니에서 지갑을 꺼내 돈을 건네준다.

"고마워요, 오빠. 이런 거는 안 주셔도 되는데."

"정말?"

"아니, 주면 좋죠."

손바닥 위에 올려진 만 원짜리 한 장을 쥐고는 만족스러운 웃음을 짓는다.

허튼 데 쓰지는 않으니 이렇게 용돈을 강탈해 가는 모습이 믿지는 않았다.

작년에는 강탈해 간 돈과 용돈을 모아 내게 다시 가져왔다.

자기 대학 등록금 마련하기 위해 투자하고 싶다고.

그래서 그녀는 나에게 최소의 금액을 맡긴 고객이 되었다.

어린 소연이의 돈을 받으며 정지나 지배인에게는 맡긴 돈에 대해서는 말하지 않았다.

말했다면 아마 소연이는 실망을 했을 것이다.

소연이는 이렇게 하는 것이 사랑하는 엄마를 돕는 일이라 생각하고 있었으니까.

"너는 남자친구 이런 거 안 사귀냐?"

"그런 거 안 키워요."

"왜?"

"애들이 어려서요."

"그게 뭐가 어때서? 애가 애 같아야지."

묻는 말에 대답도 안 하고 소연이는 그림자처럼 조용히 방을 나섰다.

소연이가 나간 방 안 화분에는 그녀가 키운 고운 꽃들이 가득했다.

어린것이 제법 솜씨가 좋아 꽃이며 나무며 손을 대면 이상하게 잘 자랐다.

구절초, 땅귀개, 쑥부쟁이가 아직까지도 그 꽃잎을 떨구지 않는다.

열매가 맺힐 시기인데 무슨 조화인지 알 수가 없었다.

*   *   *

9월 정기 국회에서 일찌감치 징벌적 보상 제도가 통과되면
서 한창 관련법들이 만들어지고 있었다.

후속 법들이 언제 입법될지는 모르지만 변화가 점차적으
로 일어나고 있는 것은 사실이었다.

상속세에 대한 관련 규정도 바뀌었다.

개인은 5년, 기업은 10년간 분할 납부가 가능해졌다.

희한하게도 국민들과 기업 모두로부터 환영을 받았다.

기업은 탈세를 한다는 누명에서 벗어날 수 있는 기회를 얻
었고, 국민들은 어차피 요리조리 빗겨 가며 탈세를 하는데 나
눠서라도 제대로 내라는 소리였다.

재벌들도 일단 환영 일색이었다.

비상장 회사를 통해 편법으로 재산을 증식하는 것도 한계
에 이르렀고, 또한 국민 여론이 너무 안 좋아졌기 때문이다.

이미 국민 모두가 알고 있는 그런 편법으로는 경영권을 유
지하는 일이 어려워진 상태였다.

조용한 태풍이 불어오고 있었지만 누구도 그 작은 움직임

이 대한민국을 뒤흔들 것이라고는 생각하지 않았다.

항상 변화는 조용하게 시작되는 법이다.

소낙비에 옷이 젖는 사람은 별로 없다.

거센 비는 피하고 말지만 이슬비는 어지간하면 피하지 않는다.

지나고 보면 옷이 젖어 있음을 깨달을 뿐이다.

변화는 사람들 가운데서 그렇게 서서히 일어나야 하는 법이다.

인간의 몸이란 갑작스러운 변화에 적응하지 못한다.

한 예로 시차만 달라져도 뒤바뀐 밤과 낮 때문에 한동안 무력감에 시달리게 된다.

여기에 필요한 것이 누구나 공감할 수 있는 명분과 여론이다.

명분은 우리가 가는 곳이 잘못된 길이 아니라는 확신을 대중에게 심어줄 수 있기에 필요하고, 여론은 혼자가 아니라는 심리적 안정을 가져다준다.

*   *   *

정의와 법 연구소 나상미 간사가 언제 시간을 내달라는 하기에 찾아가는 중이었다.

빛바랜 오후의 날씨처럼 거리는 한산했다.

사람들이 다 어디로 갔는지 쓸쓸한 거리를 걷다 보니 정의와 법 연구소 건물이 나왔다.

6층의 낡은 건물 사이로 사람들이 오갔다.

정문을 지나 그녀가 있는 방에 노크를 하니 문이 열리며 환한 얼굴의 그녀가 반갑게 맞이한다.

"어머. 어서 오세요, 회장님."

"잘 지내셨어요? 그런데 전 저희 회사에서나 회장이지 밖에 나오면 아저씨 아닌가요?"

"…그래도 아저씨는 너무했다."

나상미 간사가 권해 주는 소파에 앉아 그녀가 타주는 커피를 마셨다.

텁텁한 믹스 커피의 특유의 거친 맛이 목구멍을 타고 넘어간다.

"아, 이번에 국회에서 법안이 통과된 거 축하드려요."

"네, 정말 너무 감격했어요."

너무 좋아 이틀이나 잠이 오지 않았다는 말에 나는 다소 놀랐다.

아직도 대학생의 얼굴로 보이는 동안의 그녀가 가슴속에는 불을 품고 살았던 것이다.

"이번에 로펌을 들어가게 되었어요. 30살이 넘었으니 저도 밥벌이는 해야죠."

"아, 네."

"그리고 이거요."

수줍은 듯 얼굴을 붉히며 건네는 종이봉투를 꺼내 보니 삼 주 후에 결혼한다는 청첩장이었다.

"축하드립니다. 드디어 결혼하시는군요."

"네에."

소녀처럼 부끄러워하는 그녀를 보며 조금 섭섭하기도 했다.

나상미 간사도 정말 오랫동안 알고 지내온 사이다.

이제 더 이상 정법에서 볼 수 없게 된다고 생각하니 집안의 반대를 무릅쓰고 이곳에서 일하던 그녀의 모습이 새삼스레 기억났다.

"신랑은 어떤 사람입니까?"

"그냥 회사원이에요."

"아, 의외네요. 법조인이 아닌 것이."

"원래 그냥 친한 친구였어요. 그런데 언제부터인가 제 근처를 맴돌더군요. 이성으로 느끼지 않고 만났던 친구였는데 나이가 먹어가니 초초해지기도 하고. 그리고 무엇보다 진실한 그가 싫지 않았거든요. 그래서 결혼하기로 마음을 먹은 거죠. 어때요, 잘했죠?"

"물론이죠, 하하."

"그동안 너무 감사했어요. 제가 어려울 때 정말 많은 도움을 주셨는데."

"이상한데요. 전 주지 않았는데 받았다는 사람이 있으니."

"풋."

"이제 정법도 자주 못 오시겠네요."

"그렇게 되겠죠. 그래도 법안이 통과해서 마음은 가벼워요."

"그렇죠."

4년이나 걸려 이룬 징벌적 보상 제도는 우리 사회의 상징적인 법이었다.

우리 사회가 정의로운 나라로 갈 수 있는 아주 작은, 최소한의 조건이 비로소 갖춰진 것이다.

법을 다루는 판사, 검사, 변호사들이 모여 시작했다는 점이 중요했다.

또 자신들이 사는 곳에서 잘못된 일들이 나타나면 이제 포기하지 않고 고치려는 시도를 할 것이니, 우리 사회는 이전보다 희망을 가져도 될 터였다.

나는 여전히 고공 행진을 하는 주식들에 손도 대지 못하였다.

중간에 조정이 없었던 것은 아니었지만 없었다고 봐도 무관할 정도로 견고한 상승 장이었다. 그래서 시간이 많이 남아 돌았다.

작년보다 수익률은 높지 않았지만 몸도 마음도 편해졌다.

오히려 선물 팀이 유가의 폭등과 원자재의 상승으로 인해 어려움을 겪었다.

선물 팀 가운데 몇몇이 예측을 잘못하여 큰 손해를 보게 된 것이다.

그러다 하반기에 들어 다시 큰 이익을 보아 이전의 손해를 모두 만회할 수 있게 되면서 희비가 교차되었다.

집에서 아이들과 놀다 회사에 가서 빈둥거리고, 커피숍에서 커피를 먹으며 소설을 구상했다.

그리고 토요일, 현주와 함께 나상미 변호사의 결혼식에 참석하였다.

듬직한 남자의 손을 잡고 하객에게 인사하는, 꽃처럼 아름다운 그녀를 흐뭇하게 미소 지으며 바라보았다.

그녀는 젊은 날 동안 자신의 신념을 지키기 위한 일을 하였다. 물론 무보수의 일은 아니었지만 어려운 집안 형편을 생각하면 힘든 결정이었다.

이런 조그마한 희생들이 모여 우리 사회의 어둠을 밝히는 빛이 된다.

"아, 이게 누군가?"

반가운 소리가 들려 뒤를 돌아보니 남도일 변호사와 나동일 간사가 서 있었다.

"잘 지내셨습니까?"

"하하하, 저희야 잘 지냈죠."

나동일 간사는 저번에 테러를 당해 중환자실에서 한 달을 입원했었다.

그래서인지 걷는 것이 조금 불편해 보였다.

"안녕하세요?"

"오, 서현주 씨. 만나서 반갑습니다."

현주와 남도일 변호사와 나동일 간사와 인사하는 사이, 결혼식이 모두 끝났는지 사람들이 몰려나온다.

"이거 잘못하다가는 국수도 못 얻어먹고 가게 생겼군요. 빨리 내려가지요."

점심을 먹으려 일찍 나온 것은 아니었다.

나상미 변호사에게는 미리 인사를 했기에 차가 막히기 전에 가려고 했었던 것이다.

그런데 이들을 만나 함께 지하 식당으로 내려와 앉았다. 조금 있으니 설렁탕이 나온다.

"오, 이거 나 변호사가 돈 좀 썼는걸."

무슨 말인가 했더니 설렁탕 바닥에 고기가 많이 깔려 있었다.

"맛도 있네요."

"그렇죠?"

"응."

나와 현주는 설렁탕을 먹으며 우리의 결혼식을 생각했다.

너무 유명한 여배우와 결혼을 하다 보니, 몰려드는 취재진을 피하느라 무엇을 어떻게 했는지 정신이 하나도 없던 결혼식이었다.

"아참, 신혼여행은 어디로 간다고 하던가요?"

"제주도 간다고 하던데요."

"가까운 데 가는군요. 제주도가 의외로 비싼데."

"나 변호사가 비싼 데 가겠어요? 아마 제주도에 있는 지인들 골치 좀 아플 겁니다, 하하하."

남도일 변호사가 뭔가를 아는 듯 호탕하게 웃었다.

"아이들은 잘 크지요?"

"네, 아주 잘 크고 있습니다."

나는 스마트폰을 꺼내 유진이와 현진이의 사진을 보여줬다.

"오우, 역시 우월한 유전자를 가졌군요. 아, 내 딸도 예쁘긴 한데 나를 닮아 머리가 큰 게……."

"푸흣."

"사진 보니 이제 막 재롱부리고 그럴 때네요."

"예, 예쁜 짓 많이 합니다. 동생 예쁘다고 아껴주기도 하고
요."

"벌써요?"

"네."

주차장으로 가는데 비가 왔다.

경호원들이 어디서 가져왔는지 우산을 펼쳐주었다.

10월의 늦은 비였다.

이 비가 내리면 날씨는 더 차가워질 것이다.

겨울이 다가오고 있었다.

나에게 결산일이 다가온다는 뜻이었다.

올해는 정말 놀고먹는 해였다.

2장

정의를 말하다

사람은 살아간다.

어떤 이는 행복하게, 어떤 이는 그저 그렇게, 나머지는 불행하게.

전 세계에서 10억 명이 1달러 미만의 금액으로 하루를 살아간다.

이렇게 보면 우리나라 사람의 99%는 그들보다 행복해야 한다.

물질적으로 그들보다 풍요롭게 살아가고 있으니 말이다.

그럼에도 불구하고 우리는 단순히 그런 것만으로는 행복

을 느끼지 못한다.

인간의 행복은 그런 물질적 요소에 의해 결정되지 않기 때문이다.

내가 가진 행복을 '어떻게' 나눠야 하는가, 하는 대목에서 더 나아가지 못하고 몇 달째 고민만 하고 있었다.

14조 원이라는 돈은 큰돈 같지만 국가적으로 보면 아무것도 아니다.

서울시에 사는 학생들에게 무상급식을 해주는 데만 1년에 5천억 원가량의 돈이 든다.

개인이 쓰기엔 크지만 나누면 무척이나 작아진다. 그래서 가난 구제는 나라도 못한다는 말이 맞다.

결국 부자란 이곳에서 많이 거둔 사람에 지나지 않는다.

그것을 저곳에다가 풀어봐야 전체의 총량이 늘지 않기에 국가적으로 보면 그다지 도움이 안 된다.

도덕적으로는 가진 자에게 그에 걸맞은 의무를 이행하라고 요구할 수 있지만 강제력을 가지진 못한다.

이런저런 고민을 하다 보니 12월이 다가오고 있었다.

그런데 문제가 터졌다.

매스컴에서 나미가 아이돌 출신의 남자 가수와 사귄다는 소식이 터져 나온 것이다. 나는 사건이 진행된 다음에 보고를 받았다.

한 해의 결산을 해야 하는 바쁜 12월을 앞두고 이런 일이 발생한 것이다.

한참 내가 놀 때는 별일이 없더니, 할 일도 많은 이때에 이러니 정신이 없었다.

회사 일을 대충 처리하고 기획사로 달려갔다.

이미 기자들이 취재를 하려고 몰려 있었지만 양해를 구하고 사무실 안으로 들어갔다.

나미가 울고 있었다.

"나미야."

"사장… 오빠."

내게 안겨 어쩔 줄 몰라 하는 나미를 다독거리며 진정시켰다.

평상시 명랑하고 밝은 성격은 어디로 갔는지 비 맞은 사슴처럼 떨고 있었다.

"어떻게 된 것입니까?"

장성찬 실장이 자초지종을 이야기해 준다.

아이돌 그룹 중 한 명과 친하게 지냈다는 것이다.

데이트도 몇 번 하기는 했지만 사귄다고 하기에는 아직 이르다는 것이다.

그런데 팬들이 어떻게 알고서 별별 협박 편지를 보냈다는 것이다.

칼이나 죽은 쥐의 피로 쓴 편지도 왔다는 것이다.

"경찰에 수사 의뢰를 하세요. 이것은 상식에 어긋납니다."

"그렇게 되면 여론이 나빠질 것입니다."

"이봐요, 장 실장님. 실장님은 오직 아이들만 생각하셔야 합니다. 도대체 어떻게 했기에 일이 이렇게 커졌습니까? 기획사가 있는 이유는 이런 일을 미연에 방지하는 것 아니었습니까?"

"네, 죄송합니다. 사장님."

"기자회견 열어서 협박한 사람들은 모조리 사법절차를 밟겠다고 하세요. 그리고 우리 기획사는 소속 연예인들의 사적인 생활을 존중한다고 하시고, 이 두 가지에 대해서 더하지도 빼지도 않고 사실대로 밝혀 팬들에게 양해를 구하세요. 사람이 사람을 사랑하고 좋아하는 것은 인간의 기본적인 권리입니다. 팬이라고 그러한 기본권을 침해해서는 안 됩니다."

말을 하고 혹시나 해서 기자회견문을 작성하여 가져오라고 했다.

"나미야, 이러는 거 너답지 않다."

"나다운 게 뭔데요, 흐흑."

"지극히 뻔뻔한 게 너의 정체 아니냐."

"난 슬픈데… 농담이나 하고 있고."

"이 녀석아, 사고는 네가 친 거야. 이 바닥이 원래 이렇다는 거 모르는 것도 아니고, 멋진 녀석이랑 사귀려면 그 정도는 각오를 했어야지."

"그럼 이제 어떻게 해요."

"그 녀석하고 사귀고 싶으면 사귀어."

"정말요?"

"내가 그쪽 기획사하고 이야기를 해보도록 하지. 근데 왜 아이돌이냐? 백만 안티를 끌어안고 시작하는 거나 마찬가지라고 보면 돼."

"정말… 요?"

"누구와 사귀어도 되지만 그 사람도 나름의 사정이 있단다. 그를 사랑하는 사람들도 있고. 팬들의 사랑을 먹고사는 연예인은 그래서 힘든 거야. 누구나 너희처럼 쿨하지 않거든. 팬들은 자신이 사랑하는 우상에 자신의 꿈과 희망을 대입하지. 단순히 노래를 잘한다고 연예인이 될 수 있는 것이 아니야. 이제 넌 성인이니 네 행동에 대해서는 네가 책임져야 해. 네 인생이니까. 알았니?"

"으아앙~ 네에……."

나미는 대답을 하면서도 계속 울음을 그치지 않았다.

이제 사랑을 알 만한 나이가 되어 첫사랑을 하게 되었는데 참으로 큰일을 당한 것이다.

우리 기획사가 연예인의 사생활을 보장한다고 해서 다른 기획사까지 그렇다는 보장은 없다.

나이가 어리든 많든 인간은 자신이 한 행동에 책임을 져야 한다.

두 사람이 사귀면 자신들이 원하지 않아도 상처받을 사람이 있을 것이다.

연예인이기 때문에 그런 것이다.

연예인들이 자신들의 사생활을 오픈하지 않는 것은 단순히 인기만을 고려한 것은 아니다.

물론 그것이 큰 부분을 차지한다 하더라도 팬들에 대한 배려가 조금은 깔려 있다.

이것저것 재지 않고 자신의 사생활에 충실하겠다는 사람은 연예인이 되어서는 곤란하다.

인간 사회에서는 '나와 너'의 관계만 존재하는 것이 아니다.

특이하게도 '나와 우리들'의 관계도 존재한다. 그게 연예인과 같은 직업이다.

하아, 어떻게 한다.

아무도 상처를 주려고 한 행동이 아니었지만 이미 상처를 받은 사람들이 생겼고 본인도 역시 상처를 받았다.

"난 네 편이야. 항상 네 편이 되기 위해 이 회사를 차렸지. 하지만 네 행동에는 네가 책임을 져야 해."

"흑흑, 그건 알아요."

울면서 대답을 하고 있는 나미의 어깨를 두드려주며 인생을 살아가는 것이 만만치 않음을 이야기했다.

그러면서 나는 나미가 그 아이돌을 정말 좋아하고 있다는 것을 느꼈다.

그리고 그의 팬들에게 받은 강한 협박에 큰 충격을 받은 것도 알았다.

그렇지 않았다면 뻔뻔한 나미가 이렇게 서럽게 울지는 않았을 것이다.

나미의 어깨를 두드리며 나는 속으로 웃었다.

사실 이런 이성 간의 스캔들은 효주나 미숙이가 터뜨릴 줄 알았다.

하지만 가끔 여신의 포스를 풍기는 그녀들은 의외로 자신들의 이미지를 잘 관리하고 있었다.

기획사를 운영하는 데 쉽지 않은 부분이 이런 개인의 사생활 부분인 것 같았다.

나미를 다독이고 YM 엔터테인먼트에 전화를 하였다.

"열 기획사의 김이열입니다."

—아이고, 김 회장님, 어떻게 전화를 주셨습니까?

"저희 소속사의 나미와 찬영 군이 친한 모양입니다."

―아, 그 이야기는 저도 들었습니다. 그래서 저희도 고민 중입니다.

"저희는 소속 연예인의 사생활은 인정해 주고 있는데 YM은 어떻습니까?"

―저희는 아무래도 아이들이 아이돌이다 보니 그게 여의치가 않습니다. 언론에 들키지만 않으면 굳이 막지는 않는데 그게 쉽지가 않군요.

"그렇겠죠."

―유쾌하지 않은 문제로 이렇게 통화를 하게 되어 유감입니다.

"하하, 그렇군요. 일단 저희는 사실대로 발표를 할 것입니다. 들어보니 아직 사귀는 단계는 아닌 것 같은데 앞으로도 친하게 지냈으면 합니다. 같은 가수다 보니 앞으로 안 볼 것도 아니잖습니까?"

―그야, 그렇군요. 그럼 저희 쪽도 친한 오빠, 동생 정도로 발표하겠습니다. 팬들 몰래 둘이 만난다면 말리지는 않겠습니다.

"고맙습니다. 제가 나중에 한번 찾아뵙지요."

―아이구, 무슨 말씀을. 연락만 주시면 바람같이 달려가 회장님을 찾아뵙겠습니다.

YM 엔터테인먼트의 양진모 사장이 나이도 많으면서도 먼저 고개를 숙이고 들어온다.

나는 이 대화를 통해 내가 그에게 작은 빚을 진 것을 깨달았다.

다음 날, 우리는 기획사의 이름으로 경찰에 수사를 의뢰했음을 밝혔다.

그리고 우리 열 기획사는 소속 연예인의 개인 사생활을 존중하며 이 점은 팬들도 양해해 달라고 부탁을 드렸다.

연예인이 팬들의 위협이나 협박에 무방비로 드러나게 되는 것은 연예인과 팬, 둘을 위해서 좋지 않다.

작년 초에 유명한 여배우가 악의적인 유언비어와 악플을 견디지 못하고 목숨을 끊었다.

국민적인 사랑을 받는 배우가 이유야 어째든 자살을 한 것에 온 국민이 충격을 받았었다.

내가 아끼는 나미가 이런 일을 당했다고 생각하니 누가 이런 일을 벌였는지 알아보기는 해야 할 것 같았다.

이 문제를 해결하는 데 일주일이라는 시간을 보냈다.

실무적인 일이야 장 실장이나 SN 엔터테인먼트 측이 해주지만 나 몰라라 할 수는 없었다.

나미와 진미는 사실 딸 같다는 생각도 많이 든 아이들이었다.

진미가 항상 곁에 있어줘서인지 나미는 그나마 빠르게 안정을 찾아갔다.

아이를 키우다 보면 온갖 일을 경험하게 된다.

부모의 속을 안 썩이는 아이는 거의 없다.

그런데 기획사를 운영하는 것도 그런 것 같았다.

삶의 희로애락이 적나라하게 드러나는 곳이 이쪽 세계인 것 같았다.

수사가 진행이 된 지 일주일도 안 되어 범인들이 모두 검거되었다.

난 우리나라의 수사 능력이 이렇게 뛰어난지 처음 알았다.

잡힌 사람들을 보니 대부분 여학생이었는데 그중에 몇은 멀쩡한 성인이었다.

청소년들이 이러는 것은 어느 정도 이해가 된다.

인간의 두뇌 중 이성을 담당하는 전두엽은 발달이 느린 편이라 청소년기는 충동적이고 비이성적일 수 있다. 그러나 어른들은 뭔가, 멀쩡한 30대 여인도 있었다.

경찰서에 잡혀 온 아이들은 그제야 자기가 중범죄를 저지른 것을 깨닫고는 용서를 빌었다.

사실 아이들은 생각 없이 일을 벌이는 경우가 많다.

내가 이 행동을 하면 어떤 죄로 얼마의 벌을 받을 수도 있다는 것을 모른 채 시도를 한다.

재판에서 아이들은 30시간의 사회봉사 명령을, 성인들은 실형을 선고받았다.

이러한 사실이 언론에 알려지자 말이 많았다.

팬들에게 가혹한 처사가 아니냐는 의견과 팬들도 정도껏 해야 한다는 의견이 상충되었지만, 국민 배우라고 할 수 있는 최연실 씨가 작년에 자살했던 것으로 인해 여론은 우리에게 나쁘게 흐르지 않았다.

나미의 문제는 결국 항소심이 벌어지는 과정에서 합의를 해줬다.

처음부터 처벌을 바란 것은 아니었다.

이전의 다른 연예인들처럼 재판도 안 하고 용서를 해주면 사회에 경각심을 줄 수 없었기 때문에 불편하지만 이렇게 한 것이다.

팬들도 이제는 좀 더 성숙해져야 하며 자기가 좋아하는 연예인들에게 어느 정도는 예의를 지켜야 한다.

한동안 나미를 비롯하여 아이들의 활동을 멈추고 쉬라고 했다.

그리고 나는 생각했다.

우리의 시스템이 너무 루즈한 것이 아닌가 하는.

왜 아이돌 가수들이 단체 합숙을 하는지 이해가 되었다.

단순히 관리를 하기 위해서가 아니라, 같은 소속사의 연예인들 사이의 단결을 위해서도 필요한 것으로 느껴졌다.

나는 아이들을 불러 새해부터는 기숙사 생활을 하게 될 것이라고 알렸다.

연습생들은 예외였다.

연습생이 꽤 많이 들어왔지만 아직 정식으로 데뷔한 아이들은 없었고 연습생 기간 동안에는 정식 계약이 아니라서 합숙 생활을 할 필요까지는 느끼지 못했다.

일단 기숙사 생활의 형태는 결정하지 않았고, 개인의 사정을 들어보지도 않고 강행할 생각은 없었다.

하지만 어느 정도의 단체 생활이 필요하기는 했다.

우리는 아직은 연예인이 여섯 명밖에 없는 아주 작은 기획사니 서로 좀 더 친해질 필요가 있었다.

*　　　*　　　*

기안자동차나 영대자동차의 주식은 모두 110% 전후의 수익을 올렸고 애플이나 구글에서도 비슷한 수익률을 얻었다.

동원산업의 회장이 되었으므로 투자를 하는데 제약이 따랐다.

동원사업의 돈으로 하는 투자는 수익의 5%만 나의 수익으로 인정되었다.

그러나 내가 가진 동원산업의 주식이 많이 올라 그다지 손해를 보지는 않았다.

또한 영대자동차나 다른 기업에서 위탁한 돈과 개인 고객이 맡긴 수수료가 엄청났다.

영대자동차에서 맡긴 위탁수수료만 975억이나 되었다.

물론 영대자동차는 이보다 훨씬 많은 5,500억에 이르는 투자 수익을 챙길 수 있었다.

나는 12월과 1월에 가장 바빴다.

12월은 결산을 해야 했고 1월은 다시 투자를 해야 했으니 말이다.

일단 소득세를 내기로 했다.

1년에 개인의 소득이 8천 8백만 원 이상일 경우 35%의 누진세를 적용받게 돼서 한국에서 벌어들인 3천억 원가량의 소득 가운데 35%에 해당하는 금액을 자진 납세의 형태로 국세청에 납부하였다.

나나 워렌 버핏 같은 사람은 아무리 주식 투자로 번 돈이라 하더라도 자진 납세를 하는 것이 맞았다.

주식을 하게 되면 리스크 때문에 증권거래세 0.3%만 내면 되기에 소득에 비해 세금은 모기 눈물 만큼밖에 내지 않는다.

나는 굳이 사람들에게 존경을 받고 싶은 생각은 없지만, 그래도 부도덕한 부자로 남아 있고 싶지는 않았다.

내가 부자인 것이 사람들에게 드러나지 않았다면 몰라도 세상 사람들이 내가 부자인 것을 다 아는데 뻔뻔하게 몇 푼 안 되는 세금을 내고 국민의 도리를 다했다고 주장하기는 뭐했었다.

이미 평생 먹고살 돈이 있는데 그동안 어떻게 할 것인가를 두고 많이 망설인 것이 부끄러웠다.

그리고 내가 한국에서 벌어들이는 수입은 미국에서와 비교하면 그다지 많지도 않았다.

어떻게 보면 이것도 쇼였지만 진심이 담긴 행동이었다.

12월이 정신없이 지나가고 드디어 1월이 되었다.

1천억이 넘는 금액을 내려니 아까운 마음이 들지 않는 것은 아니었지만, 첫발자국이 힘든 것이라고 되뇌며 국세청에 자진 납세를 했다.

바로 당일로 내가 한 일이 신문과 TV뉴스에 방송되었다.

온갖 찬사의 말이 나왔지만 나는 무시했다.

뭔 시대의 양심인가.

내면서도 아까워서 벌벌 떨었는데.

이제 문제는 미국에 투자한, 애플과 구글 주식을 합친 27조 가까이 되는 돈이었다.

세금을 내려니 난 미국 국민이 아니었고, 기부야 당연히 해야겠지만 처분을 하여 이익을 실현한 것도 아니었으니 이래저래 생각이 많았다.

한국에 투자한 외국인들이 우리나라에 세금을 내지 않았듯이 나 역시 미국에 자진 납세를 할 생각은 없었다.

외환은행을 헐값에 불법으로 매입하고도 내야 할 세금을 요리조리 피해 간 론스타를 보면 절대 내고 싶은 마음이 없었다.

론스타는 미국의 폐쇄형 사모펀드이다.

*   *   *

아무리 돈이 돈을 번다고 하지만 아무 일도 안 하고 1년 만에 재산이 배로 불어난 것은 내가 생각해도 조금 과했다.

그러나 증권시장이 그러니 어쩌겠는가.

이것은 작년에 리먼 브러더스의 파산으로 일어난 미국발 금융 위기의 충격으로 전 세계의 주식이 반 토막 났기 때문에 가능한 것이었다.

나야 전생의 경험으로 이미 결과를 알고 있었으니 과감하게 사고팔기를 하여 최대의 이익을 보게 된 것이다.

물론 이 과정에서 내가 가진 마법사의 날카로운 감각이 작용한 것은 당연한 일이었다.

배당 기준일을 넘긴 것은 1년에서 하루가 지나면 바로 처분하여 수익을 현금화하였다.

어차피 더 오래 가지고 있다고 세금이 줄어드는 것도 아니었다.

이익을 가능한 빨리 현금화하면 내가 거둔 엄청난 수익률이 소문이 나서 더 많은 고객이 돈을 맡기기에 이렇게 하는 것이 효율적이었다.

고객 위탁금이 많아질수록 내가 받는 수수료가 커지니 말이다.

세계 증시를 볼 때 이제 몇 년 동안 가만히 있어도 몇 배의 수익이 발생할 것이다.

애플의 황금기가 시작되고 있으니 말이다.

그뿐만 아니라 국내 주식시장도 그 못지않은 성장을 하는 주식들이 많았다.

이제 주식으로 돈을 충분히 벌었으니 내 개인의 생활에 더 충실할 필요를 느꼈다.

그동안 돈만 번다고 가족에게 소홀한 부분이 없지 않았다.

동원산업에는 유능한 직원이 많아 내가 할 일이 많이 줄었다.

그래서 그동안 하지 못했던 마나 수련을 충분히 하면서 커피숍에 출근하여 소설을 조금씩 써내려갔다.

소설의 시대별 흐름을 보면 주인공은 영웅에서 평범한 사람으로 바뀌었다.

왕과 영웅에서 옥탑방의 평범한, 또는 평범 이하의 인간으로 변하였다.

그래서 현대 소설은 읽어도 어떤 소망이나 희망을 품을 수 없게 된다.

평범한 인간에게서 오는 동질감은 있지만, 위로나 소망은 현대 소설에는 없다.

그래서인지 나는 따뜻한 소설을 쓰고 싶었다.

소설을 읽고 위로를 받고 사랑을 느낄 수 있는, 그래서 희망을 가지고 살아갈 용기를 얻을 수 있는 그런 글말이다.

이런 생각을 하니 저절로 동화를 많이 읽게 된다.

동화야말로 상상이 만들어내는 희망의 메시지다.

미운 오리가 백조로 변하는 것이 동화다.

이것을 현실로 가져와 리얼리티를 불어넣으면 「미녀와 야수」, 「신데렐라」 같은 작품도 엄청난 아이디어를 줄 수 있다.

어른용 동화를 내는 것도 괜찮았다.

글을 쓰는 것에 일천한 내가 무슨 대단한 소설을 쓰는 것은 말도 안 된다.

헤밍웨이는 노벨 문학상에 빛나는 「노인과 바다」를 무려 800번이나 교정했다.

무수한 은유, 비유와 상징이 내포된 소설은 그래서 쓰기 힘들다.

엄밀히 말하면 신데렐라 같은 소설은 정신 건강에 좋지 않다.

예쁘고 착하다는 단순한 이유 하나로 한순간에 출세하는 것은 흥미롭지만 여자들의 허영심만 키워줄 뿐이다.

「미녀와 야수」 같은 작품이야말로 인간의 진심과 사랑, 배려를 이야기하니 같은 동화라도 급이 다르다.

문제는 사람들이 신데렐라를 더 좋아한다는 것이다.

그것도 아주 몹시도 말이다.

현주와 결혼했을 때 사람들이 나를 남자 신데렐라라고 말한 것을 기억한다.

매일 이런저런 소설을 구상하며 습작을 하는데 뛰어난 마법사의 머리도 별 도움이 안 되었다.

머릿속에 있는 아이디어를 글로 풀어낼 수 있는 필력을 기르기 위해서는 수많은 습작을 써봐야 한다.

뛰어난 머리 덕에 처음 쓴 소설이 베스트셀러가 된다는 것은 코미디다.

현실에서는 결코 이루어질 수 없다.

조앤 K. 롤링조차도 7년간 구상을 하고 열다섯 번 거절을 당했다는 것을 잊으면 안 된다.

그 7년의 기간이, 그리고 열다섯 번이나 출판사에게 거절 당한 것이 그녀를 더 단단하게 만들고 그녀의 아이디어에 날 개를 달아주고 생명력을 불어넣었던 것이다.

그래서 「해리포터」는 기존의 세계관과 전혀 다른 체계의 소설이 되었다.

좋은 시를 많이 읽는 것은 필력에 상당한 도움이 된다.

사람의 마음을 감동시키는 문장과, 비유와 상징으로 가득 한 시어를 계속 음미하다 보면 인간이 가진 언어의 신비를 느 낄 수 있게 된다.

비유와 상징이 없는 글은 아무리 잘 쓰여도 일류가 될 수 없다.

「노인과 바다」에서 노인이 잡은 거대한 물고기가 무엇을 의미하는지, 읽는 사람으로 하여금 상상력을 발휘하게 한 다.

그 글을 읽고 단지 물고기라고만 생각하는 것은 책을 읽을 줄 모르는 사람이다.

어떻게 사람들의 마음을 감동시키는 소설을 쓸 수 있을까?

이런 생각만 해도, 아니, 상상만 해도 마음 한가운데가 따뜻해진다.

사람의 영혼에 따뜻한 위로를 줄 수 있는 그런 글이 아니면, 그것은 괜히 종이만 낭비하는 꼴이 된다.

찌질한 인간 군상을 다루는 그저 그런 글은 인간에게 소망과 희망을 말하지 못한다.

그런 소설은 의미가 없지 않을까?

그것이 아니라면 현실의 절망을 말하므로 인간에 대한 성찰과 자각을 하는 것이라도 있어야 한다.

의미가 없는 글자들의 나열은 시간 낭비일 뿐이다.

나는 동화가 가지는 무한한 상상력 속에서 인간에 대한 소망을 말하고 싶었다.

나는 단지 그 무수히 많은 상상력에 리얼리티만 부여할 뿐이다.

그러면 동화에는 인간의 살과 피가 흐르고, 오늘 여기 나의 삶의 현장에서 살아 숨 쉬는 생명이 될 것이다.

이렇게 이런저런 공상으로 시간을 보내다 보니 내 삶이 즐거워졌다.

내 딸들이 보아도 좋을 소설을 하나 만들면 아이들은 아마도 내가 벌어들인 그 많은 돈보다 소설로 인해 더 나를 존경하게 되겠지.

많은 시간이 흐르면 물론 그렇지 않겠지만, 나는 다섯 살과

세 살의 딸아이들에게 존경받는 아버지이고 싶은 것이다.

스무 살이 될 때까지 기다리기엔 너무 시간이 오래 걸리고 나의 마음이 너무 초조하니까.

난 딸들에게 괜찮은 아버지가 되고 싶은데 그게 소설가이기 때문이라면 얼마나 좋을까 생각하곤 한 것이다.

3장

공간의 세간의

나른한 오후에 전 △△일보 박한성 기자가 갑자기 커피숍으로 찾아왔다.

내게 맡긴 천만 원이 뻥튀기처럼 불어난 후로 그는 기분이 좋은지 흥얼거리며 내게 친근함을 표현하곤 했다.

이번에는 예고도 없이 기습적으로 찾아왔다.

이전에는 그래도 약간의 언질은 있었는데 말이다.

"김이열 회장님, 오랜만에 뵙습니다."

"아, 어서 오세요. 이분은 누구십니까?"

나의 사무실에 들어온 그는 혼자가 아니었다. 사진기자까지 대동하고 있었다.

"아, 마침 이 친구가 시간이 나서 데리고 왔습니다. 혹시 프로필 사진이 필요하시지 않을까 해서요."

눈치를 보니 인터뷰를 하고 싶어 찾아온 듯싶은데 말을 돌리고 있었다.

요즘은 방송국과 신문, 그리고 잡지책에서 인터뷰를 하자고 하루에 열두 번도 더 연락이 온다.

심지어 방송 3사의 아홉 시 뉴스에서도 출연 요청이 있는 실정이었다.

몸을 비비 꼬며 내 눈치를 살피는 것을 보니, 아무래도 특종 하나를 터뜨리고 싶은 모양이었다.

그만큼 나에 대해 잘 아는 사람도 없다.

"인터뷰하러 왔습니까?"

"뭐 그건 아니고요, 해주시면 저야 좋지요. 전 회장님이 잘 지내시는지 궁금해서 찾아왔습니다."

그에게 몇 번이나 신세를 진 적이 있다.

물론 금전으로 보상을 하긴 했지만 언론계의 마당발이라고 할 수 있는 그에게 빚을 남겨두는 것도 괜찮을 것 같았다.

게다가 하도 여기저기서 연락이 와서 인터뷰를 할 생각이었다.

박한성 기자라면 내가 원하는 대로 글을 써줄 사람이다.

그와 나 사이엔 돈이 걸려 있으니 말이다.

"질문지를 먼저 주세요."

"아, 정말입니까?"

눈치를 보니 삼고초려를 할 생각으로 찾아온 모양인데 내가 순순히 받아들이자 믿지 못하는 표정이었다.

"안 그래도 한두 군데와는 인터뷰를 하려고 했습니다. 대신 제가 의도하는 대로 써주셔야 합니다."

"물론이죠."

그는 프리랜서다.

내용에 관계없이 인터뷰만 따면 상당한 돈을 받고 글을 팔아먹을 수 있을 것이다.

그는 속물이긴 하지만 그렇다고 자신의 목적을 위해 인간을 마구잡이로 이용해 먹는 그런 사람은 아니다.

적절히 얻을 것은 얻고 줄 것은 주는 사람이다. 그러니 간간히 특종을 건지는 것이 아닌가.

박한성 기자가 재킷 안주머니에서 타이핑된 질문지를 꺼내준다.

그리고 바닥을 바라보며 눈동자를 굴린다.

이것도 어쩌면 연출일 수 있겠지만 다분히 인간적인 냄새가 풍긴다.

내용을 보니 날카로운 질문이 간간히 보이지만 대체적으

로 무난한 내용이다.

　질문지를 읽다가 그를 보니 손을 살살 비비고 있는 모습이 눈에 들어온다.

　"하지요."

　"네?"

　"하자고요."

　"아, 지금 여기서요?"

　"네, 다른 날 할까요?"

　"그건 아닙니다, 저야 좋지요."

　얼떨떨해하는 그를 보며 신문을 통한 인터뷰도 괜찮다고 생각했다.

　어차피 신문에 나면 방송국에서도 퍼다 나를 것이다.

　얼굴이야 이미 노출이 된 상황이니 쪽팔림을 한번 당해볼 생각이었다.

　"그럼 사진부터 찍고 천천히 시작하지요."

　박한성 기자가 옆의 사진기자의 어깨를 슬쩍 치자 그가 일어나 정중하게 인사를 하고 사진을 찍으려고 한다.

　박한성 기자가 나직하게 말했다.

　"멋지게 찍어드리되 정면은 말고, 폼은 나지만 사람들이 잘 알아보지 못하게 찍어드려."

　"네, 선배님."

이미 나의 성향을 다 파악한 그가 처음부터 치고 나온다.

디지털 카메라라서 찍은 후에 바로 보여주고 확인을 받으려 했다.

수십 장의 사진을 보고는 그의 말대로 폼은 나지만 내 모습이 잘 드러나지 않은 사진을 가리켰다.

"이걸로 하지요. 나머지 사진은 삭제해 주시고요."

"네, 회장님."

사진기자가 잔뜩 긴장한 채로 다른 사진들을 삭제하기 시작했다.

그리고 다시 카메라를 내게 보여줬다.

나는 사진을 보고는 고개를 끄덕였다. 이 작은 행동마저도 박한성 기자가 시킨 듯했다.

우리는 커피를 마시며 인터뷰를 하기 시작했다.

특별한 내용은 없었고 대체적으로 내가 예상한 범위 안에 대부분의 질문이 있었다.

주로 세금을 내게 된 이유와 우리 사회의 부자들의 의무에 대한 질문이었다.

내지 않아도 될 세금을 내었으니 노블레스 오블리주에 대한 이야기였다.

"자, 그럼 회장님. 시작하도록 하겠습니다."

"네."

그는 작은 녹음기를 꺼내놓고 질문지를 중심으로 물었다.

"회장님, 안 내도 되는 세금을 내신 이유는 무엇입니까?"

"뭐, 별거 아닙니다. 워렌 버핏이 부자세를 부과해야 한다고 이야기하고 우리 사회도 그런 이야기가 나오고 있는데 그에 동의해서 낸 것입니다. 저도 고민을 하긴 했지요. 돈이 많다는 것은 신의 축복을 받은 것입니다. 그러니 정의롭게 살아야 하는 의무도 있지요. 그런데 가장 기본이 되는 세금을 내지 않고 있는 제 자신을 발견하게 되었습니다. 물론 한국에서 번 돈은 따로 양도소득세까지 냈습니다. 하지만 제가 받는 소득은 그런 것까지 다 계산한 후에 받는 거라 고민을 한 것이죠."

"일종의 노블레스 오블리주라고 보면 됩니까?"

"그것은 아닙니다. 세금은 국민의 의무입니다. 그것과는 다른 차원의 문제죠. 전 그냥 제 개인이 내는 세금이 너무 적다고 생각해서 낸 것입니다."

"그렇다면 따로 기부를 한다든지 그럴 의사가 없었습니까?"

"기부는 해야겠지요. 하지만 그것은 아직 생각을 해보지 않았습니다. 제 돈의 대부분이 단기간에 형성된 것이라 제 자신의 삶을 성찰할 시간이 없었으니까요. 조금 더 시간이 지나야 생각이 정리될 것 같습니다."

"존경받는 부자에 대해서는 어떻게 생각하십니까?"

"돈이 많다고 존경받아야 할 이유는 없다고 생각합니다. 또한 돈이 많다고 욕을 먹어서도 안 된다고 생각합니다. 하지만 대부분의 국민은 부자들을 파렴치하다고 생각합니다. 우리 사회의 법이 부자를 파렴치범으로 만드는 구석이 있습니다. 예를 들어 제가 10조의 돈을 자식들에게 물려준다면, 제 딸이 상속세를 낸 후 5조밖에 받지 못합니다. 그리고 제 손자들이 받는 돈은 2조 5천억으로 줄어들게 됩니다. 이 상속세도 여러 모로 해석이 가능합니다. 이미 아버지가 세금을 내고 정당하게 모은 재산들이죠. 그런데 그것을 단지 자식에게 준다는 이유로 국가가 50%를 가져갑니다."

"그럼 상속세가 부당하다고 보십니까?"

"그렇지는 않죠. 아버지가 부자라고 아들도 부자이면 곤란하죠. 하지만 단지 그 이유만으로 국가가 개인의 재산을 50%나 가져가는 것에는 문제가 있다고 봅니다. 이번에 상속세의 분할 상납을 하게 된 것은 매우 좋은 시그널이죠. 국가는 세금을 걷는 것이 목적이지 부자를 가난하게 만드는 것이 목적은 아니지 않습니까? 그런 면에서 아버지가 물려준 재산을 상속받은 후 열심히 벌어서 납부하도록 하면 재산을 어느 정도는 물려줄 수 있고 사회정의도 실현되는 것이죠. 이전의 법은 부자는 무조건 가난해져야 한다는 것이었으니까요."

"그럼 상속세에는 찬성하시는 것입니까?"

"그렇다고 볼 수 있겠죠. 전 악법만 아니면 대부분의 법에는 찬성합니다. 왜냐하면 대부분의 사람이 그 법에 익숙해져 있기 때문입니다."

"마지막 질문을 하겠습니다. 사회가 정의로워질 수 있는 방법은 무엇입니까?"

"첫 번째로 우리 사회의 부패는 국회의원에게서 비롯된 것이 아닙니다. 권력이 있는 곳엔 항상 치열한 암투가 역사적으로 있어 왔습니다. 우리 사회가 일그러진 것은 사법부의 부패와 무능 때문입니다. 강간을 했는데도 술을 먹은 상태였기에 심신미약으로 이유로 감형을 해주는 나라가 어디 있습니까? 그렇다면 이제 범죄자들은 술을 먹고 죄를 저지르면 되겠군요. 전 이런 사법부는 국민들에게 참 곤란하다고 생각합니다. 법은 우리 사회의 기준입니다. 기준이 오락가락하면 아무도 기준을 지키지 않을 것입니다. 정치적 색채를 가진 좌파적 판사, 우파적 판사는 판사직을 때려치우고 변호사를 하셔야 합니다. 법은 편향되면 안 되기 때문입니다. 두 번째로는 법조인의 특권을 없애야 합니다. 비리로 옷을 벗었는데 변호사가 무슨 말입니까? 이러니 판사와 검사가 국민 위에 군림하는 것입니다. 저요? 제가 죄를 지어서 고발당하면 저는 수단과 방법을 다해 제 자신을 변호할 것입니다. 그게 국가가 제게 부여해 준 기본권이니까요. 하지만 제가 돈을 써도 통하지 않으면 앞으로 더욱 조심하겠지요. 그러니 사법부의 혁신이 필요합니다. 사법부가 정의롭지 않으면 우리 사회도 정의로울 수 없습니다. 저울이 정확하지 않은데 어떻게 올바른 판단이나 행동이 나올 수 있겠습니까?"

우리는 같이 식사를 하고, 기사를 작성하여 데스크로 넘기기 전에 원문을 내게 보여주기로 하고 헤어졌다.

*　　　*　　　*

자고 일어났더니 스타가 되었다는 말이 있더니 내가 그 짝이었다.

특히나 사법부에 대한 나의 관점이 새롭게 조명을 받았다.

이전까지 그 누구도 우리 사회가 부패한 이유를 재벌이나 정치인, 혹은 정경유착에서 찾았지 사법부에서 찾은 사람이 없었기 때문이다.

어떤 사회든 법이 제 역할을 다하지 못하면 그 사회는 부패하게 마련이다.

저울의 추가 정확하지 않은데 공정한 거래가 이루어진다는 것은 어불성설이다. 그런 의미에서 사법부를 비판한 것이다.

박한승 기자와 인터뷰를 한 다음 날, 기사로 송고할 내용을 이메일로 보내주었고 그것을 읽고는 별다른 내용이 없어 그대로 승낙을 했는데도 문제가 된 것이다.

내 마음속에 말하고 싶은 것은 많았지만 그것들을 억누르고 꼭 필요한 것들 몇 가지만 언급했음에도 세간의 관심을 끌었나 보다.

뭐 이제는 나도 대충 포기하고 살고 있다.

래리 페이지가 밝히지 않았다 하더라도 시기의 문제지 관심을 받을 것을 알고 있었다.

증권가에서는 이미 내 이름이 파다하게 퍼져 있었고, 사람들의 입에 오르내리는 것은 시간의 문제였다.

하지만 좀 더 늦게 밝혀졌다면 운신의 폭은 지금보다는 훨씬 넓었을 것이다.

우리나라 최고의 부자와 단순한 부자가 가지는 상징성은 차원이 다른 이야기니까.

인터뷰를 하고 나자 모교인 S대에서 강연 청탁이 들어왔다.

다른 사람도 아닌 장민호 교수를 통해 온 것이라 거절하기가 곤란했다.

은사이신 그분 소개로 오동탁 교수가 드래곤 하트의 성분을 분석해 주었다.

그분이 그것을 정제하는 방법을 가르쳐 주지 않았다면 나는 매우 위험한 상황에 처하게 되었을 것이다.

얼마 전에야 비로소 드래곤 하트의 저주라고 할 수 있는 광폭화가 마법서클이 낮을수록 통제가 힘들다는 것을 알았기 때문이다.

그런 의미에서 장민호 교수님의 청은 정말 거절하기가 힘들어서 결국 승낙하고 말았다.

다만 개인적으로 영상 촬영이나 녹음을 하지 못하게 해달라고 부탁을 드렸다.

강의하러 갔을 때 강당을 꽉 메운 학생들을 보고 놀랐다.

그 많은 학생을 보니 숨이 턱, 하고 막혔다. 교무처장이 옆에 있어서 물어봤다.

"이게 어떻게 된 것입니까?"

"그게 한 3백 명 정도를 예상했었는데 신청한 학생들의 숫자가 너무 많아서 저희도 고민하게 되었지요. 그래도 모시기 힘든 분을 모셨으니 가능하면 신청한 사람 모두가 들을 수 있도록 하자고 했지만 이렇게 많을 것이라고는 예상치 못했습니다."

얼굴 표정을 보니 모르긴 개뿔, 입꼬리가 위로 올라간 것을 보니 의도를 한 것 같았다.

그렇다고 따지기도 뭐했다.

증거도 없으니 말이다.

강단에 오르자 2천여 명이 넘는 학생이 일제히 쳐다보았다.

"안녕하십니까? 얼마 전까지 이 학교를 다녔던 김이열이라고 합니다."

말을 마치자마자 박수가 터져 나왔다.

흥분한 눈빛이 가득한 것을 보니 괜히 어깨가 무거웠다.

"교수님이 오라고 해서 왔지만 사실 할 이야기가 별로 없습니다. 제 인생 자체가 그다지 흥미롭지 않고 가지고 있는 사상이라고 해봐야 별다른 것이 없습니다. 강의를 하기 이전에, 제가 개인적으로 까탈스러운 부분이 있다는 것을 알려드립니다. 음, 사진이나 동영상을 찍으시면 안 됩니다. 혹시라도 찍으신 분이 만약에라도 있으면 인터넷에 올려서 곤혹스러운 일을 당하지 않으시기 바랍니다."

내 말에 학생들은 어리둥절한 모양들이었다.

설마 내가 이렇게 강경하게 말할 줄은 예상하지 못했던 듯 몇몇 학생이 꺼내놓은 핸드폰과 스마트폰을 주머니 속으로 집어넣고 있었다.

"제 강의에 왜 이리 많이 오셨는지 모르겠지만 제가 부자가 되는 방법을 강의할 것이라고 생각하면 착각입니다. 부자들은 그런 정보는 절대로 교환하지 않습니다. 다만 약간의 팁은 말씀드릴 수는 있습니다. 그러나 사람마다 환경도 다르고 생각도 다릅니다. 제 방법은 여러분에게는 그다지 유용한 방법이 될 수 없을 것입니다. 여러분이 부자가 되고 싶으면 명심해야 할 내용이 있습니다. 여러분 주위에 존경할 만한 분이 있다면 그분을 그대로 따라 하시면 쉽게 부자가 될 것입니다. 제 말은 부자들에게는 남들이 모르는 좋은 습관이 하나씩은 꼭 있다는 것입니다. 그러니 여러분이 알고 있는 그 많은 지식은 부자가 되는데 아무런 도움도 되지 않습니다. 단 하나라도 실천하는 것이 더 중요합니다. 여러분, 여러분은 옆에 있는 친구나 선배보다 더 좋은 습관을 가지고 있습니까? 혹시 아주 오래전에 나온 『정상에서 만납시다』라는 책을 읽으신 분이 있는지 모르겠습니다. 저자는 거기서 이렇게 말하죠. 부자가 되는 엘리베이터는 없다. 오직 걸어서 올라가야 한다고요. 그것이 정답입니다. 부자들은 여러분들보다 훨씬 더 실천적입니다. 머릿속에 떠오른 아이디어가 있으면 그것을 실천하지 않으면 몸살이 나는 사람들입니다. 예를 들어보죠. 빌 게이츠는 하버드를 중퇴했습니다. 윌리엄 헨리 게이츠 3세가 그분의 정식 이름인데 멋지지 않습니까? 무슨 왕 같은 이름이죠. 그는 정말 왕처럼 재빠르게 실천했습니다. 그가 가진 아이디어를 누군가 찬탈하지 못하게 말입니다. 그리고 그가 그렇게 재빠르게 실천하지 않았다면 다른 천재가 그가 한 일을 순식간에 해치웠을 것입니다. 세상은 천재들이 넘쳐나니까요. 그렇지 않습니까? 이 학교에 입학하기 전에 여러분은 대부분 학교에서 대단한 수재 취급을 받았겠지요. 그런데 여러분보다 더 똑똑한 사람이 많지요. 그냥 많은 게 아니라 아주 많습니다. 빌 게이츠도 그런 위기의식을 느꼈을 겁니다. 그래서 그는 자신의 아이디어를 실천하기 위해 불필요한 하버드를 그만두게 됩니다. 페이스북을 창업한 마크 주커버그 역시 하버드 대학을 중퇴하였습니다. 제가 이들의 이야기를 하는 것은 여러분 보고 학교를 그만두라고 하는 것이 아닙니다. 저는 구글의 래리 페이지와 페이스북의 마크 주커버그, 유튜브의 채드 헐리, 그리고 안드로이드의 창업자인 앤디 루빈 등을 만나 보았습니다. 저는 여러분에게는 없고 그 사람들에게만 있는 것을 보았습니다. 그게 무엇인지 아십니까?"

나는 잠시 강당을 둘러보며 호흡을 골랐다.

조용한 침묵 속에서 학생들의 눈들이 모두 나에게 향했다.

"그들에게 제가 느낀 것은 무슨 특별한 영감이나 천재성이 아닙니다. 오히려 '와, 이것은 정말 대단하구나!' 하고 느낀 것은 그들이 가진 '자기 확신'에 대해서입니다. 이 일을 성공할 수 있다는 자신에 대한 믿음 말입니다. 그런 확신이 있었기에 빌 게이츠나 마크 주커버그는 하버드를 그만둘 수 있었던 것입니다. 또 하나, 그들은 학교를 그만두기 전에 이미 성공에 대해 객관적으로 어느 정도 검증을 받은 상태였습니다. 여러분이 아름다운 아가씨와 데이트를 할 때 그들은 자신의 아이디어를 통해 세상을 바꿀 확신을 가지고 미친 듯이 그 일에 몰두했습니다. 아, 그러고 보니 마크 주커버그는 그때 애인이 있었군요. 그러니 저와 여러분 속에 있는 정신, 그리고 태도의 문제입니다. 제가 우리나라 제일의 부자인 것은 맞습니다. 그렇다고 제가 우리나라에서 머리가 제일 좋은 사람은 아니며 능력이 제일 좋지도 못합니다. 그런데 왜 다른 사람도 아닌 제가 부자일까요? 그것을 알면 여러분도 저 못지않은 부자가 될 것입니다."

나는 내가 제대로 하고 있나 궁금해서 학생들을 바라보았다.

모두 숨을 죽이고 듣는 것을 보니 적어도 내가 하는 소리가 헛소리는 아닌가 보다.

"시간이 남아서 몇 마디 더 하겠습니다. 제가 여기에 온 이유 중의 하나는 세금을 많이 내서 초청받은 것이라고 보여집니다. 제가 한국에서 투자하는 돈은 규모가 있어서 대부분은 양도소득세를 냅니다. 그럼에도 불구하고 다시 35%의 세금을 내는 이유는 제 개인적으로 내는 세금이 별로 많지 않았기 때문입니다. 모든 세금이 이미 납부된 상태에서 돈을 받으니까요. 이 돈을 내려니 제 마음이 어떨 것 같나요? 혹시 돈이 많으니 1천억 정도는 우스워서 냈을 거야, 라고 생각하시는 분이 있다면 잘못 생각하시는 것입니다. 그 돈을 내는데 엄청 아까웠습니다. 내려고 하니 아까워서 손이 떨리더군요. 그런데도 낸 이유는 제가 대한민국의 국민이기 때문입니다. 부자를 존경하지 않는 사회에서 부자로 살려고 하니 이렇게 위선으로나마 낼 수밖에 없었습니다. 여러분은 아마도 졸업하면 대부분 상당히 좋은 직장을 다니고 남들보다 높은 지위에 올라갈 것입니다. 그때 여러분에게 부탁드리고 싶습니다. 정의를 생각해 주십시오. 힘이 없는 사람은 정의를 지키기가 힘이 듭니다. 그리고 불행하게도 그런 사람의 정의로운 행동이 사회에 미치는 영향도 크지 않습니다. 만약 어떤 분이 구멍가게를 하는데 부가가치세 10%는 너무 적다고해서 35%를 낸다면 아무도 알아주지 않습니다. 오히려 사람들에게 비웃음을 당하기 십상입니다. 그 돈으로 자식들 학원비나 낼 것이지 하며 혀를 찰 것입니다. 그분이나 저나 35%를 낸 것은 맞는데 왜 사회의 판단이 달라지느냐, 결국 크기의 문제입니다. 구멍가게를 하는 분이 낸 돈은 마음만 먹으면 나도 할 수 있다고 생각하니 우습게 여겨지고 어리석은 것이 되어버립니다. 그런데 얄미운 부자가 세금을 자진해서 냈다 하니 반가운 것이지요. 사실 우리나라에 내가 낸 1천억 정도의 돈을 가진 개인도 몇 분 안 되십니다. 이게 이유입니다. 똑같은 행동을 했는데 왜 다른 대우를 받느냐 하면 사람들이 후져서 그런 것입니다. 그분이나 나나 동일하게 35%를 냈는데 말입니다. 자, 그러니 여러분이 정의를 말하기 위해서는 미안한 말이지만 힘을 가져야 합니다. 그래야 사람들이 들어줍니다. 제가 부자가 되기 전과 된 후가 달라진 것이 거의 없습니다. 언론에 제가 드러나서 집을 옮기고 경호원을 고용한 것 말고는 말입니다. 그것 외에는 먹는 반찬도 똑같고 생활도 같습니다. 저를 아는 분들은 여전히 저를 이전과 동일하게 대하십니다. 저는 여러분에게 위대한 꿈을 가지라고 말씀드리는 것이 절대 아닙니다. 저도 사실 뭐 대단한 꿈도 없는 사람인데 희망과 꿈을 가지라고 말씀드리면 위선이죠. 제가 정치를 할 것도 아닌데 위선을 부릴 이유가 어디 있겠습니까. 제가 말씀드리는 것은 최소한의 양심을 가지라는 것입니다. 그렇지 않으면 우리의 아들과 딸들은 지금보다 더 형편없는 세상에서 살게 될 것이니까요."

나는 대충 강의를 하고 내려왔다.

원래 한 100여 명의 학생을 생각해 대화식으로 이야기를 하려고 했었다.

그런데 2천 명이나 모였으니 내가 준비한 내용은 쓸모없어진 것이다. 한 20분 이야기하고 내려오니 교무처장이 당황하는 표정이었다.

내가 스티브 잡스같이 아이디어로 넘쳐나는 사람도 아니

어서 멋있는 명언을 뱉어낼 리가 없다.

교무처장은 시간이 너무 짧았는지 질의응답 시간을 가지겠다고 했다.

나도 내 강의가 짧아서 어느 정도 예상을 했던 바였다.

첫 번째 질문자가 나타났다.

"기계공학과 3학년의 이민욱이라고 합니다. 정의란 무엇인가요? 선배님도 마이클 샐던 교수님의 공리주의적 관점에서 말하는 것입니까?"

"아, 곤란한 질문이군요. 저도 사실 정의가 무엇인지 잘 모르고 있고 그분의 책도 제대로 읽어보지 못했습니다. 아마도 그분은 최대 다수의 최대 행복을 주장하는 공리주의 관점에서 설명했을 겁니다. 이는 정의를 언급할 때 피할 수 없는 것이기에 그런 것 같습니다. 우리가 사는 세상에는 모든 사람을 충족시켜 주는 행복은 존재하지 않으니까요. 그러니 모든 시대나 상황 속에서는 그럴 수밖에 없습니다. 우리가 사는 사회는 복잡합니다. 사람들마다 전혀 다른 생각을 가지고 살아가기 때문이죠. 그래서 정의란 항상 절대적인 가치에 근거하지 않고 공공의 이익과 관련되게 마련이지요. 결국 모든 사람이 공감할 수 있는 정의란 그 시대를 살아가는 사람들의 기본적인 상식과 관련되어 있을 겁니다. 예를 들면 세금을 탈세하는 것보다 내는 것이 정의롭다고 말할 수 있는데 이는 사회가 가지는 보편적 생각과 일치하는 것이죠."

이야기가 끝나자 다시 질문이 들어왔다.

이번에는 여학생이었는데 조금 부드러운 질문이었다.

"법학과 4학년 김송이라고 합니다. 현재 부인이신 서현주 씨하고는 어떻게 만나셨으며, 만약 두 분이서 사회에 기부를 하신다면 어떤 방식으로 하실 생각이십니까?"

"아내와 만난 것은 언론에 보도된 대로입니다. 제가 STL의 직원이었을 때 일을 하러 갔다가 거기서 현주 씨를 만났고 그녀가 제게 대시를 하고 청혼도 아내가 했습니다. 그 당시 그녀는 제가 오르지 못할 나무였습니다. 그러니 그녀가 내려와 제게 다가오지 않았다면 우리의 만남은 이루어지지 않았을 것입니다. 그때의 전 부자도 아니었으니까요. 아내는 제가 부자이기 전에 만났고, 자기 때문에 회사를 그만둔 것을 알고서 평생 먹여 살리겠다고 했습니다. 지금도 그 말에 많이 의지하고 있습니다. 여차하면 먹여줄 사람이 있다는 것은 정말 든든합니다."

웃음소리가 나서 잠시 말을 멈추었다.

사람들이 즐거워하는 것을 보니 강의를 망친 것은 아닌 것 같아 기분이 좋았다.

"두 번째 질문에 대한 답, 그러니까 기부는 기본적으로 해야 한다고 생각은 합니다. 그런데 어떻게 할 것이냐에 대해서는 생각이 많습니다. 그리고 기부에 대한 나름의 철학이 아직은 없습니다. 제가 가진 재산을 기부한다고 하더라도 우리 사회가 별로 달라질 것이라고는 생각하지 않습니다. 제도와 법이 바뀌지 않으면 개인의 기부는 굉장히 한정된 역할밖에 못하고 끝날 것이라고 생각합니다. 제가 부자라는 것이 알려지고 난 다음 수많은 단체와 개인이 도움을 요청했지만 모두 거절하였습니다. 일부 정말 도와줘야 할 사람은 제가 근무하고 있는 동원산업의 이름으로 돕고 있습니다. 사실 그런 것은 의료보험이나 국가에서 해야 할 일이지요. 그 일을 개인이 떠맡으면 정부는 계속 자기가 할 의무를 방임하고 국민에게 책임을 전가하고 말 것입니다. 저 같은 사업가가 세금을 착실하게 내면 국가가 국민의 복지를 책임져야 하지요. 현실적으로 그것이 잘 안 되는 부분이 있지만 그렇다고 개인이 맡을 수 있는 역할은 그다지 많지 않습니다. 저는 사업가이지 자선 사업가는 아니거든요."

몇몇 질문이 더 있었고 나는 내가 아는 범위 내에서 성실하게 대답을 해주었다.

그러나 나는 무슨 대단한 철학을 가지고 있는 사람이 아니기에 학생들에게 도움을 줬다고는 생각할 수 없었다.

강의를 하고 집으로 돌아오면서 앞으로 이런 청탁은 거절해야겠다고 생각했다.

생각해 보니 할 말이 별로 없었던 것이다. 그리고 이야기를 잘하는 편도 아니고 말이다.

그런데 웃긴 것은 인터넷에 내 강의에 대해서 호의적인 반응이 많이 올라왔다는 것이다.

왜 그런 반응이 나왔는지 알 수는 없었지만 아마도 진실한 마음으로 이야기를 했기 때문이 아니었을까 생각해 보았다.

그럴듯한 내용은 없어도 거짓은 없는 강의였으니까 말이다. 인터뷰와 강의를 하고 내가 확신한 것은 우리 사회가 비뚤어져 있다는 것이었다.

단지 부자라는 것 때문에 대우를 해주고 세금을 제대로 냈다고 언론에 보도되는 것이 우스웠다.

정말 만인의 귀감이 되는 사람이 얼마나 많은가.

100만 원도 안 되는 월급을 받으면서도 그 일부를 이웃을 돕는 데 사용하는 사람도 의외로 많다. 그런 분이 나보다 백배는 더 존경스러운 일을 하시는 분이다.

그런데 그들은 부자가 아니라서, 그리고 액수가 적다고 해서 무시되곤 한다.

우리 사회가 병들었다는 증거다.

이 생각을 하니 저절로 깊은 한숨이 가슴에서부터 나왔다.

4장

사회정의란 무엇인가

집으로 돌아오니 유진이가 내가 오는 것을 손꼽아 기다리고 있었다.

"아빠."

가슴에 폭 안기는 딸아이의 머리를 쓰다듬으며 참 어쩔 수 없는 부모의 마음이 느껴졌다.

딸이 건강하게 자라주는 것만으로도 효도를 하고 있다고 느끼는 것은 나 혼자만의 생각이 아닐 것이다.

신이 이런 마음을 인간에게 주셨기에 사회가 유지되겠지.

부모에게는 천하에 불효를 하면서도 자식들에게는 끔찍할 정도로 잘하는 것은 인간의 유전자에 신이 뭔가를 심어놓았기 때문일 것이다.

"아빠, 왜 이제 와?"

"아빠는 일하고 왔어."

"회사 갔다 왔어?"

"오늘은 회사는 안 가고 예전에 아빠가 다녔던 학교를 갔다 왔어."

"아빠, 회사 안 가면 안 돼?"

"우리 유진이가 왜 그런 생각을 했을까?"

"난 아빠랑 놀고 싶은데 아빠는 안 그래?"

"나도 같이 놀고 싶지. 하지만 사람은 일을 해야 해. 그리고 할머니도 계시고 엄마도 유진이를 언제나 위해 주시고 아껴 주시는데 아빠만 찾으면 섭섭하지 않을까?"

"섭섭해?"

"그럴 수도 있다는 이야기지."

유치원을 안 보내고 집에만 있게 했더니 지루한가 보다.

이제 유치원을 갈 나이도 되긴 했는데 이전 같으면 망설임 없이 보낼 수 있었지만 지금은 걱정이 된다.

혹시라도 하는 마음 말이다.

"아빠?"

"응?"

"나 목마."

"알았어, 우리 유진이가 목마를 타고 싶어 하는구나. 가자,
하늘 높이~"

"에헤헤헤헤헤."

목 위에서 깔깔거리는 유진이를 보며 엘리스가 뛰어온
다.

멍, 멍.

단독주택으로 이사를 온 뒤 엘리스는 영리하게 짖어도 된
다는 것을 알아차리고 신나게 돌아다녔다.

"엘리스."

멍!

"유진이 하고 잘 놀았니?"

멍!

이전에는 값비싼 정원수로 가득했던 정원의 한쪽 구석에
는 블루베리와 사과나무, 오렌지 나무를 심었다.

블루베리는 5년 된 묘목을 사 온 것이라 작년부터 열매가
열리기 시작했다.

새콤달콤한 맛에 유진이도 좋아하며 잘 먹었다.

오렌지는 잘하면 올해부터 열릴 것 같았다. 사과는 좀 더
있어야 하고.

그리고 5평 정도 되는 공간에는 상추와 고추 등을 심었다.

어머니가 원하셔서 심은 것인데 관리는 주로 현주가 했다.

아이와 함께 놀다 보니 현주가 외출에서 돌아왔다.

"엄마!"

"어머나, 우리 유진이 아빠하고 놀고 있었네."

"응."

나는 아내의 손을 잡고 그 아름다운 얼굴을 바라보았다.

"아이, 왜 그렇게 보세요?"

부끄러워하는 아내를 포옹하고 속삭였다.

"오늘은 너무 아름답네. 한눈에 반하겠어."

"어머, 이제 이런 말도 할 줄 아는군요."

"노력 중이야."

아내는 다시 학교를 다니고 있었다.

이제 1년만 더 다니면 졸업인데 포기하기는 아까워서 아내도 나도 졸업을 원했다.

당연히 아이들을 돌보는 것은 어머니가 떠맡으셨다.

저녁을 먹고 아이들이 잠들자 나는 아내를 안았다. 그리고 천천히 이야기를 나눴다.

"좋아요."

아내가 웃으며 이야기를 한다.

이제 서로의 성감대에 대해 잘 알고 있기에 섹스는 이전보다 더 진하고 자유로웠다.

마치 갈매기 조나단이 하늘을 나는 것만큼 자유로워진다.

율동처럼 서로 호흡을 맞춰 움직이면 더 자극적이고 강한 쾌감을 얻게 된다.

이렇게 예쁜 여자도, 그리고 평범한 여자도 잠자리에 들게 되면 다른 사람이 되어버린다.

얼굴이 예쁜 여자와 하면 한두 번 정도 절정을 느낄 수 있어도 부부가 되면 이야기가 달라진다.

서로 호흡이 잘 맞는 그런 부부가 오르가슴에 더 빨리 도달하게 된다.

속궁합이라는 말이 이래서 나오는 말이다.

마나가 정순해지고 마력이 강해질수록 육체를 통제하는 힘이 커져 요즘은 사정의 순간도 조절할 수 있게 되면서 같이 하는 시간도 비약적으로 늘어났다.

절정의 순간이 다가오면 참고 잠시 호흡을 고르다 보면 더 격렬한 자극을 원하는 현주의 유혹이 시작된다.

"아~"

잠깐의 신음이지만 깊고 끈끈한 감정을 내포한 소리다.

쾌락과 만족이 동반된 그 소리에 나는 사정을 할 뻔했다.

"잠시 쉬다가 다시 해."

"네에, 하아~"

호흡을 고르며 작고 긴 손가락이 내 가슴을 더듬는다.

"우리 아기 더 낳을까요?"

"너무 힘들지 않을까? 아이들이 이미 둘이나 있는데."

"하지만 아이들은 더 있어도 좋을 것 같아요. 형제들이 많으면 아이들이 외롭지 않고 나중에 커서는 서로 의지도 되고 좋잖아요."

"그런 면이 있지. 하지만 아기를 가지면 졸업이 또 늦어질 텐데."

"그것 때문에 우리 귀여운 아기를 안 갖겠다는 거예요?"

"안 갖겠다고는 말하지 않았어. 그냥 당신 걱정한 것이지."

"젊을 때 열심히 낳아 키우고 나이가 들면 여행이나 같이 다녀요."

"그럴까?"

남녀가 부부가 되어 서로에게 익숙해지면 그것이 친숙함으로 발전할 수도 있고 반대로 흥미가 시들 수도 있다.

이 기로에는 정말 의외로 사소한 것들이 작용한다.

그리고 인생에는 이런 사소한 것이 많다.

이렇게 작은 것들이 방향을 틀어버리면 도대체 그 원인이 무엇인지 파악하기가 힘들어진다.

작은 것도 쌓이고 모이면 바다를 메우고 산을 움직인다.

다행인 것은 항상 적극적이고 배려심이 많은 현주 덕분에 오해가 쌓이기 전에 말을 하니 시간이 흐르는 만큼 정이 쌓인다는 것이다.

우리 부부 사이에서 나는 아내의 덕을 많이 보고 있다.

아내가 내게 먼저 져주니 내가 어떻게 그녀 앞에서 내 주장만 하겠는가.

*   *   *

아침에 눈을 뜨니 창가에서 새들이 지저귄다.

넓은 정원에 가끔 새들이 날아와 쉬고 간다.

아침에 듣는 새소리는 정말 상쾌하다.

낮에 들으면 이 느낌이 나지 않는 것은 왜인지 모르겠다.

아침을 먹고 동원산업에 들렀다.

해외투자를 위해 홍콩에 지부를 두기로 했다.

홍콩은 조세회피국이다.

아주 세금이 없는 것은 아니지만 양도소득세, 증여세, 이자소득세가 없으며 해외에서 벌어들이는 수익에 대한 세금이 없다.

그래서 금융업이 발달해 있다.

홍콩은 금융허브지수가 런던, 뉴욕에 이어 세계 3위의 도시다.

금융업이 발달하려면 세율이 낮아야 한다. 그런 면에서 한국은 금융허브를 만드는 데 불리하다.

내가 미국에 투자하는 대부분은 홍콩을 통해 나간다.

홍콩 내에 회사는 없지만 HSBC에 매년 일정한 수수료를 주고 그 이름을 빌려서 쓰고 있었다.

일종의 편법인데 금액이 커서 HSBC가 소유한 건물 중에서 작은 공간을 빌려주는 형식이었다.

즉, 내가 거래하는 돈은 홍콩상하이투자은행 계좌를 통해 이루어지므로 당연히 막대한 수수료를 지불한다.

홍콩에 자회사가 생긴다 하더라도 HSBC 투자은행을 통해 모든 거래가 진행될 것이다.

작년에 이미 건물을 빌리고 홍콩 현지 직원을 고용했고 이제 동원산업에서 책임자만 파견하면 된다.

그동안은 약간 찜찜했었는데 이제는 마음이 놓이게 되었다.

HSBC투자은행의 홍콩 지점의 맥버린 상무와 전화통화로 이미 이야기가 다 되었다.

홍콩 현지인을 고용하고 회사 직원을 파견하지만 계좌는 오직 주식과 선물만 할 수 있고 옵션과 파생 상품은 막아놔 버렸다.

조만간 홍콩에 가서 정식으로 처리해야 할 일이 몇 가지 있다.

국내의 투자는 열 투자사무소를 통해 이루어졌었다.

그동안은 사실 위탁금도 많지 않았고 대부분 미국에 투자를 했기 때문에 어려움을 느끼지 못했었다.

그러나 이제는 국내 투자를 해야 하는 입장에서 고객의 이윤을 극대화해야 하기에 역외 투자를 고민해야 할 시점이 되었다.

외국계 투자금 중에 알고 보면 한국 자본인데 이처럼 한 다리를 걸쳐 들어와 외국 자본으로 변하는 돈이 적지 않다.

결정을 하지 못하고 고민하는 사이에 안정훈 씨가 보고하러 왔다.

흥신소를 운영하던 그는 작년에 동원산업에 정식 입사를 하였다.

그와 몇 명의 사람이 더 입사를 했는데 회사의 기밀을 지키고 또 내가 노리는 회사에 대해 파악하기 위해서 고용한 것이다.

"무슨 문제가 있나요?"

"네, 회장님. 남양물산과 남양건설이 이상한 동향을 보이고 있습니다."

"그게 무슨 말이죠?"

"로타 그룹이나 삼양 건설 등과 함께 카르텔을 형성하려는 움직임이 포착되었습니다."

"카르텔요?"

"일부 성향이 비슷한 기업들이 모여 자신들의 이익을 적극적으로 지키기 위한 모임으로 보이고 있습니다."

"흠, 곤란하군요. 그 기업들은 대부분 조폭과도 연결된 기업인데요. 이런 회사들끼리 모이면 문제를 일으킬 것 같은데요."

"수뇌부들이 회합을 자주 하는 것으로 파악되고 있습니다. 이미 소문이 조금씩 나고 있는 상황입니다."

세상에 비밀은 없는 법이다.

본인들이 아무리 조심하고 보안을 철저히 해도 전혀 관계 없는 사람들이 자주 모이면 눈에 띄게 되는 법이다.

그러한 소문은 주변에서 은밀히 돌기에 일반 사람은 모르지만 정보로 먹고사는 사람들의 촉수에는 당연히 걸려든다.

"좀 더 자세히 알아보세요. 직접 움직이지는 마시고요, 아셨죠?"

"네, 알겠습니다."

안정훈 과장은 지금의 일이 만족스러운 듯 보였다.

예전처럼 불법 도청을 하지 않아도 되었고 밤을 새워 남의 사생활을 캐지 않아도 되었으니 말이다.

자신의 인맥을 이용하여 정보만 취득하면 되니까.

정보비야 회사에서 나오니 그가 걱정할 바가 아니다.

안정훈 씨가 방을 나가자 나는 골치가 아파졌다.

역시 그냥 죽지는 않겠다는 의지를 표현하려는 것 같았다.

참, 어이가 없었다.

온갖 불법으로 돈을 벌다가 그것이 힘들어지게 되자 기술 개발이나 원가절감, 그리고 생산성 증대와 같은 노력을 하기는커녕 예전의 방법을 고수하겠다고 끼리끼리 모이는 것이다.

'이걸 어떻게 한다. 일단 회사와 가족에 대한 보안과 경호를 강화해야겠군.'

나는 이참에 경호 회사의 주식을 일부 취득하기로 결심했다.

완전 남의 회사의 직원을 고용해서 쓰려니 불편한 점이 많았던 것이다.

나는 경호 회사에 전화를 걸었다.

"저 김이열입니다."

—아, 회장님. 반갑습니다. 무슨 일로 전화를 다 주셨습니까?

"경호를 조금 강화해야겠는데요."

—아, 그렇습니까?

"그래서 말씀드리는 건데요, 조금 불편합니다."

—네, 그게 무슨 말씀이신지?

"아무래도 외부 직원이다 보니 제가 이야기하기가 쉽지 않습니다."

—아, 그런 부분이 있을 수 있지요.

"그래서 동호의 지분을 조금 매입했으면 합니다. 경영권은 보장해 드리고 회사의 운영 방침에도 관여하지 않겠습니다. 다만 제 집에 파견되어 나오는 경호원들에 대한 관여를 하고 싶습니다."

—아, 그런 문제라면 지금 상태로도 가능하시지 않겠습니까? 저희야 회장님이 투자를 해주신다면 영광이지만 말입니다.

"지분 매입을 해도 고용 비용은 이전과 동일하게 하도록 하겠습니다. 전 다만 안전을 확보하고 싶어서 드리는 이야기입니다."

—그러면 제가 시간을 내어 찾아뵙도록 하겠습니다.

"아, 네."

커피를 마시며 왜 이런 문제가 생겼는지를 생각했다.

가난한 나라의 불행한 역사를 가졌기에 역사가 왜곡된 것이다.

일제시대의 잔재, 그리고 분단.

급박한 경제성장을 거듭하면서 사회구조와 경제구조가 왜곡되었다.

그 부산물이다. 그리고 어느 나라든 불량 기업은 있게 마련이다.

'그들이 왜 모였을까?

짐작은 할 수 있지만 그뿐이다.

사회정의는 무엇일까?

저들을 다 치우면 우리 사회는 정의로워질 수 있을까?

아니면 다른 무엇을 해야 되는 것일까?

가만히 있고 싶은데 물결이 친다.

조용히 내게 다가오는 것은 무엇일까?

저들이 모였으니 나도 모아야 한다.

이제는 저들보다 더 강한 힘을 모아 저들의 공격을 막아야 한다.

*   *   *

'저곳이란 말이지?'

건물은 낡고 음산하였다.

언뜻 보면 버려진 건물 같았지만 용호파의 주요 거점 가운데 하나였다.

바로 조금 전에 남영물산의 간부로 보이는 남자가 들어갔었다.

연락을 받자마자 달려왔기에 일이 어떻게 돌아가는지 알고 싶었다.

도대체 무슨 일을 꾸미는지, 왜 이런 일을 하는지. 그리고 그들이 진정으로 무엇을 원하는지도 알고 싶었다.

어둠에 동화되어 그들에게 가까이 다가갔다.

문을 지나고 경비를 뚫고 사람들이 모여 있는 곳으로 나아갔다.

"스파이웹."

공중에 붕 떠서 거미같이 보이지 않는 마나의 끈에 매달려 들려오는 소리에 귀를 기울였다.

"그렇게 해달라고요?"

"그렇소."

"너무 위험한 일입니다. 경찰과 검찰까지 나설 것입니다."

"그것은 우리가 막아주겠소."

"…그래도."

"그분이 원하시고 계시오."

"그분이 말이오?"

깜짝 놀란 목소리로 남자가 눈을 부릅떴다.

"그렇게 하겠다고 전해 주시오."

"이것은 보수요."

남자가 돈 가방을 받고는 한쪽 구석에 치우는 소리가 들렸다.

'흠, 이거 이야기가 달라지는 것 같은데.'

일의 배후가 있는 것 같았다.

남영물산의 인물인지 아닌지는 잘 모르겠지만 상당한 비중이 있는 인물 같았다.

용호파는 강북의 3대 조폭 가운데 하나다.

조폭들이 그러하듯 겉으로는 주류도매업이나 용역일을 하지만 용호파는 마약을 다루는 조폭 가운데 하나다.

나는 안정훈 씨의 말을 듣고 놀랐다.

조폭은 그냥 주먹으로 불법적인 일을 하는 사람들인 줄로만 알았지 마약까지 다루는지는 몰랐다.

TV에서만 보던 이야기였다.

우리 사회를 병들게 하는 대표적인 것인 술과 마약이다.

술도 인간의 이성을 무력화시키지만 중독에 빠지는 데는 시간이 많이 걸린다.

그러나 약물중독은 그렇지가 않다.

사람에 따라 한두 번만 복용해도 벗어나지 못하는 경우도 생긴다.

나는 그들이 이야기하는 것을 모두 녹음하고 남영물산 사람이 나가자 그를 따라 용호파의 아지트를 벗어났다.

그가 자신의 집으로 돌아가는 것을 보고 나도 집으로 돌아왔다.

이번 일에서 나는 아주 큰 음모의 냄새를 맡았다.

그들이 말한 그분이 도대체 누굴까.

용호파의 두목 박용호가 처음에는 맡지 않으려고 했지만 그분이라는 말이 나오자 두말없이 수락했다.

만약 남양물산의 윗선이 개입했다면 신분을 그렇게 모호하게 말하지는 않았을 것이다.

어둠에 기생하는 조폭도 인정할 만한 재계의 인사가 과연 누구일까.

둘만 있는 자리에서조차 신분을 밝히는 것을 꺼려할 정도의 인물이 과연 누구일까.

박용호를 고문해서 알아낼까 하는 생각도 순간적으로 했지만 그러지 않은 것은 지금 생각해도 잘한 일이었다.

그가 누구인지 밝힌다 해도 무슨 일을 할지 아직 모르는 상태에서, 그리고 증거도 없는 상태에서 그 사람을 안다고 해봐야 아무 소용이 없는 것이다.

몸통도 머리도 드러나지 않았는데 서두를 필요가 없었던 것이다.

나는 밤마다 집을 빠져나와 의심이 되는 자들의 뒤를 밟아 정보를 알아냈다.

이런 일은 실마리를 잡기 전까지는 무척이나 힘이 든다.

하지만 조금의 힌트라도 잡으면 이야기가 달라진다.

원시적인 방법이지만 이렇게 하는 것이 가장 안전하였다.

도대체 누굴까?

일단 용호파는 조만간 사건을 벌일 것이고 누군가 나설 것이다.

그러니 일이 발생한 후에 경찰과 검찰에 숨어 있는 자들부터 척결해야 한다.

그래야 범죄를 감추는 일을 못하게 될 터이니.

나는 돈을 뿌려 용호파가 하는 모든 일을 살피게 했다.

어차피 경찰과 검찰을 움직일 정도면 사건을 크게 칠 것이기에 어렵지 않게 정보를 얻을 수 있을 것 같았다.

정보를 취급하는 자들이 이런 일 하나 못할 것으로 생각하지는 않았다.

마약을 취급하는 용호파를 그냥 두고 보는 것은 내가 나서서 처리를 해도 의미가 없기 때문이다.

용호파가 마약을 만들어서 파는 것이 아니라면 용호파가 몰락을 해도 다른 조폭이 그 자리를 차지할 것이기 때문이다.

사태의 추이를 봐서 그 공급책까지 처리할 생각도 가지고 있었다.

근 한 달 만에 작은 실마리를 잡으니 그 다음부터는 어렵지 않았다.

남양물산과 그 카르텔뿐만 아니라 상당히 많은 기업과 조폭들이 서로 얽혀 있었다.

겉으로 드러난 것은 빙산의 일각일 뿐이다.

이것인가 싶으면 그보다 더 크고 많은 진실이 어둠 속에 숨겨져 있었기에 아무리 많은 정보 조직을 고용해도 성과는 미미했다.

그리고 마침내 용호파가 움직인다는 소리를 듣고 달려갔다.

용호파는 대담하게도 재계 2위인 영대자동차의 정망성 회장의 손자인 정찬진을 납치한 것이다.

그제야 나는 왜 용호파에서 이 일을 맡지 않으려고 했는지 깨달았다.

너무 거물을 건드리려고 하였던 것이라 용호파가 몸을 사렸던 것이었다.

이들의 범죄행각이 드러난다면 경찰과 검찰을 막으려면 적어도 경찰이나 검찰의 최상층부가 움직여야 할 것이다.

뭐지?

왜 이리 힘들게 일을 하는 것인지 이해가 되지 않았다.

용호파의 아지트에 묶여 있는 정찬진이 두려움에 싸여 자기를 납치해 온 사람들을 바라보았다.

"원하는 게 뭐죠?"

10대 후반으로 보이는 그는 조폭들을 보고 떨면서 말했다.

조폭들이 그런 그를 바라보지도 않고 대답했다.

"입 다물어라. 네가 묻는다고 대답해 줄 것 같으면 물어보기 전에 말했을 것이다."

"……."

지금쯤 영대자동차 일가는 난리가 났을 것이다.

한참 후에는 삼영전자의 부회장인 이삼용도 잡혀왔다.

'어, 이거 봐라?'

생각보다 일을 크게 만드는 것이 아닌가.

정찬진은 그렇다고 쳐도 이삼용은 삼영 그룹의 후계자이다.

재계 1위의 후계자를 건들다니.

도대체 얼마나 간이 크면 이런 일을 벌일 수 있단 말인가.

그리고 어떻게 잡아 올 수 있었지 하는 의심까지 들었다.

정찬진이야 그렇다 하더라도 이삼용은 지키는 경호원이 상당했을 터인데도 잡아 온 것이다.

누군가 이 일에 협조를 한 것이다.

"당신들 이러고도 무사할 줄 알아?"

이삼용이 나름 당당하게 말했지만 박용호는 그의 이야기를 듣고는 피식 웃었다.

"우리 같은 어깨가 뭔 볼일이 있다고 당신들을 잡아왔겠수. 가만히 기다리시오."

박용호가 음산한 어조로 나직하게 말하자 기세 좋던 이삼용도 기세가 꺾였는지 더 이상 말을 하지 못하였다.

끼익.

문이 열리며 하얀 옷을 입은 중년의 남자가 들어왔다.

"오셨습니까, 어르신."

"자네는 나가 있게."

"네."

박용호는 새로 나타난 남자와 눈을 감히 마주치지 못하고 고개를 바닥에 숙이고 있다가 말이 끝나자마자 조용히 사라졌다.

"당신이오?"

"저놈에게 너를 잡아 오라고 한 것은 나지."

"도대체 왜 이러는 것이오?"

남자는 이삼용을 보더니 고개를 좌우로 흔들었다.

"네가 뭔가 되는 양 착각하는데 너 따위에게 내가 이런 귀찮은 일을 한다고 생각하니 불쾌해지는군. 하지만 어르신의 명령이니 아니할 수 없지."

"무, 무슨 말이오?"

"여기서 네놈들을 죽여도 아무 일도 안 일어나. 원래는 네놈의 아비와 저놈의 할애비를 족치려고 했지만 아무리 종이라고 해도 이제는 사회적 신분이 있다고 어르신이 말씀을 하시는 바람에 네놈들로 대상을 바꾼 것이지."

"설마?"

"그렇다, 네놈이 생각하는 그것이 맞다. 도대체 네놈들의 아비와 할애비는 무슨 생각을 하고 있기에 요즘 나대는 것이지?"

이삼용은 뭔가를 아는 듯한 눈치였고 정찬진은 아무것도 모르는 눈치였다.

'도대체 이게 어떻게 돌아가는 것이지?'

우리나라 최고의 기업가들에게 감히 종이라는 단어를 쓸 수 있는 자가 있단 말인가.

"어떻게 해야 할지 아직 결심을 하지 못했다. 네놈들을 죽여 경고를 할까, 아니면 네놈들의 가문을 풍비박산 만들까 생각 중이다."

정찬진은 어리둥절한 모양이고 이삼용은 두려움에 떨고 있었다.

"아버님에게 가서 잘 이야기하겠습니다. 선처를 부탁드립니다."

"흠, 이 회장이 아들은 제법 잘 키웠군. 어르신이 가만히 계신다고 함부로 움직이지 마라. 가서 전해라, 경고는 이번뿐이라고."

"알겠습니다."

중년의 남자는 정찬진을 바라보더니 이렇게 덧붙였다.

"네놈의 조부에게 가서 이렇게 전해라. 하늘과 땅이 어둠 속에서 드러나지 않았다. 이 말을 전하고 오늘 일을 이야기하면 무슨 말인지 알아들을 것이다."

"네? 네."

"나도 나이가 먹어서인지 마음이 약해지는구나."

나는 그의 말을 듣고 의아했다.

50대 중반으로 보이는 그가 나이가 많이 먹었다니.

그렇다면 보이는 것보다는 훨씬 나이가 많다는 것인가.

남자가 문을 두드리자 박용호가 나타났다.

"적당히 손 좀 보고 그냥 보내주어라."

"예, 당천 님."

"허, 네놈이 죽고 싶은 모양이구나. 감히 내 이름을 입에 담다니."

"죄송합니다, 살려 주십시오."

남자의 말에 박용호가 기겁을 하며 땅바닥에 무릎을 꿇고 절을 하며 사죄를 하였다.

남자가 가볍게 손을 흔들자 퍽, 하는 소리와 함께 박용호가 공깃돌처럼 날아가 벽에 부딪혔다.

박용호는 입에서 피를 흘리면서도 벌떡 일어나 다시 그의 앞에 무릎을 꿇었다.

"네놈이 어르신과의 인연의 끝을 붙잡아서 이 정도에서 봐주겠다. 그러나 다음에는 없다는 것을 절대로 명심해라."

"네."

남자는 불쾌한 듯 이마를 찌푸렸다.

"네놈이 어르신의 마음에 어떻게 들었는지 이해가 안 드는구나. 이런 싸구려 짓이나 하고 있으니, 쯧쯧."

남자의 말에 박용호가 더욱 고개를 숙이며 그에게 경의를 표했다.

그는 밖으로 나가면서 중얼거렸다.

"이번 일은 결코 작은 게 아니야. 사회가 변하기 시작하면 새로운 질서가 생기게 마련이지. 어떤 놈인지 몰라도 정말 무섭구나. 나서지 않고 우리의 힘을 꺾으려 하다니."

나는 사일런스 마법을 계속 유지한 채 그의 뒤를 밟았다.

박용호가 정찬진이나 이삼용을 죽이지 않을 것이라는 생각이 들었고 죽인다 하더라도 지금은 이 남자의 정체를 밝히는 것이 더 중요했다.

남자는 가면서 자꾸 고개를 갸웃거리며 뒤를 돌아보곤 했다.

기감이 발달한 자였다.

아까도 가벼운 손짓 하나로 거대한 체구의 박용호가 그렇게 당했으니 아마도 무술의 굉장한 고수일 것이다.

그가 차에 타자 세 대의 차가 연달아 출발했다.

나는 맨 뒤의 차의 지붕에 올라탔다.

아까 당천이라는 남자가 밖으로 나오자 경호원으로 보이는 이들이 모두 대기하고 있다가 동시에 차를 탈 때에 조심스럽게 올라탄 것이다.

차는 고속도로를 타더니 서울 외곽으로 빠졌다.

서울 외곽에 이런 곳이 있나 싶을 정도로 한적한 길이었다.

그 길이 끝나는 지점에 거대한 저택이 보였다.

차가 도착하자 문이 소리 없이 열렸다 닫혔다.

나는 당천이라는 중년의 남자가 올라가는 방향을 살피면서 조심스럽게 그의 뒤를 밟았다.

이제 거의 5서클의 벽을 눈앞에 두고 있는 나는 마력의 부족을 느끼지 않았다.

나노공법을 이용해서 만든 마나서클은 상상도 할 수 없을 만큼의 마나와 마력을 제공해 주고 있었기에 몇 시간에 걸쳐 마법을 펼쳐도 힘들지 않았다.

마력의 양만으로 따지만 능히 9서클의 대마법사였던 자크 에반튼에 비견될 만했다.

나는 당천이라는 자의 뒤를 쫓아 조심스럽게 그의 방에 잠입했다.

거대한 저택답게 그의 방은 어마어마하게 넓었다.

그는 전화기를 집어 들고 어디론가 전화를 하고 있었다.

"당천입니다, 일을 처리했습니다. 아, 네. 말씀하신 대로 경고만 가볍게 하고 왔습니다."

아주 짧게 전화를 마친 그가 갑자기 탁자 위에 있던 재떨이를 집어 들어 내가 있는 곳으로 던지는 것이 아닌가.

나는 조용히 내게 그리스 마법을 펼쳐 미끄러지듯 그의 공격을 피했다.

재떨이가 벽에 부딪혀 산산조각이 났다. 그러나 그가 다시 날카로운 공격을 해왔다.

이번에는 암기처럼 보였다.

육각형의 작은 동전이 엄청난 속도로 날아왔다.

나는 스파이웹을 사용하여 천장에 거꾸로 매달렸다.

"누구냐?"

나는 그제야 그가 나를 발견했음을 깨달았다.

인비저빌리티는 투명화마법이지만 기감이 좋은 자에게는 노출될 수도 있다는 것을 알아차렸다.

게다가 인비저빌리티를 펼치면 아주 작은 공간이지만 공간 왜곡 현상이 일어난다.

나는 그 사실을 까먹고 무심코 그의 앞에 나타났으니 그가 알아차린 것도 무리가 아니었다.

나는 품에서 동전을 꺼내 그에게 던졌다.

4서클의 마나가 담긴 동전이 날아가자 그가 기겁을 하고 피했다.

그 틈을 타 나는 문을 열고 도망쳤다.

당천이라는 자는 하수인에 불과하기에 그를 죽이거나 제거할 생각을 하지 못했다.

하지만 나에 대해 알아차렸으니 고민이 되었다.

나는 밖으로 나와 적당한 곳에 숨어 있었다.

그러자 갑자기 많은 사람이 나타나 주위를 수색하기 시작했다.

다행인 것은 개가 없다는 것이었다.

나는 한바탕 수색이 끝나자 다시 그의 방으로 잠입했다.

그는 다행히 방 안에 없었다.

적당한 곳에 숨어서 기다리자, 잠시 후에 벽 뒤에서 문이 열리더니 그가 나타났다.

'하아, 이거 무시무시하군.'

나는 소리 없이 닫히는 비밀 문을 보고 이거 생각보다 크군, 하고 인정하게 되었다.

5장

거대 자본의 힘

나는 그가 잠자리에 들기를 기다렸다.

그는 잠시 방 안을 서성이다가 몹시 피곤한 듯 자리에 누웠
다.

한참 시간이 지난 다음 그에게 슬립 마법을 걸었다.

깊은 잠에 빠진 그를 보며 나는 그가 나온 비밀의 방을 찾
았다.

'어디에 있지?'

디텍팅 마법을 펼치자 내가 바라보는 곳의 내부도가 그림
이 펼쳐지듯 나타났다.

범위가 넓지 않아 시간이 많이 걸리는 단점이 있는 것을 제외하고는 이런 비밀의 문을 찾는 데에는 제격이었다.

'여기 있군.'

오른쪽 모서리에 아주 작은 틈새 사이로 볼록한 것이 보였다.

그곳을 누르자 스르륵 하고 문이 열렸다.

비밀의 문을 열고 들어서자 온갖 종류의 보석과 서류들이 담긴 상자들이 나왔다.

보석은 내게 의미가 없어 그만두고 서류만 챙겼다.

가져온 스파이 캠으로 사진들을 정밀 촬영 하다가 나와 관련된 문서를 발견했다.

심장이 툭, 하고 떨어지는 느낌이었다.

이놈들이 나를 주시하고 있었다는 것을 알게 되자 가만히 있어서는 안 될 것 같았다.

자세히 살펴보자 아직 추측하는 단계였다.

아마도 내가 우리나라 제일의 부자로 알려지자 관심을 가지고 본 듯했다.

이것만 회수하면 알아차릴 것 같았다. 자고 있는 당천을 처리해야 함을 알았다.

내 기록이 담긴 상자와 나머지 상자 몇 개를 그대로 아공간에 집어넣고 자크 에반튼이 남겨둔 마법시료와 물품 중에서

독을 꺼냈다.

시신경을 마비시키고 서서히 근육을 말리는 약이었다.

그가 살던 차원에서는 마법사나 신전에서 치료가 가능한 것이지만 오래 방치하면 모든 병이 그렇듯 치료할 수 없게 된다.

하지만 이곳은 신전도 마법사가 없는 세상이다.

나도 이것을 사용할 일이 없을 것 같아 그동안은 아공간에 방치하고 있었던 것이다.

은밀하고 비밀스러운 방에서 나와 자고 있는 당천의 눈에 독액을 부었다.

독이 동공을 타고 안으로 스며들어 갔다.

그리고 입을 벌려 마시게 하고는 돌아서 나오다가 다시 그의 몸을 보았다.

미약하지만 기를 쓰는 자였다.

이 땅에 아직도 이런 자가 있을 줄은 생각도 못했다.

하긴, 손으로 벽돌을 깨고 검으로 대나무를 베는 것도 기를 다룰 줄 모르면 할 수 없는 일이다.

그런데 이자는 혹시 그 옛날의 내공이라는 것을 가지고 있지 않을까 싶어 그의 몸을 스캔해 보았다.

역시나 그의 몸 전체에는 활발한 기가 퍼져 있었고 단전에 아주 작은 내공이 있었다.

하늘을 날고 장풍을 쓰기에는 가당치 않은 양이지만 일반인들은 절대 감당할 수 없는 자인 것은 틀림없어 보였다.

'후환을 내버려 둘 수는 없지.'

나는 그의 단전에 마나를 실처럼 가늘게 뽑아 집어넣었다.

3서클의 마법사가 되었을 때부터 이렇게 마나를 다룰 수 있게 되었다.

스파이웹 마법도 사실 이런 마나의 조정 능력 덕분에 벽에 붙어 있지 않고 움직일 수 있게 된 것이었다.

그런데 나의 마나를 이렇게 다른 사람의 몸에 집어넣게 될 줄은 꿈에도 생각하지 못했었다.

마나의 실이 그의 단전을 움켜쥐었다. 그리고 더 많은 마나가 그의 단전을 감싸도록 만들었다.

이마에서 땀이 솟아났다.

4서클에 이르러서 이렇게 힘이 든 적은 없었다.

처음으로 마나를 이런 방식으로 사용하는 것이라 엄청나게 힘이 들었다.

"아이스."

"컥!"

당천이 놀라 짧은 비명을 질렀으나 다시 펼쳐진 슬립 마법에 잠이 들어버렸다.

슬립 마법이 모든 사람에게 통하는 것은 아니다.

하지만 방심하고 있는 상태라면 이렇게 자신의 몸을 극한으로 수련한 자도 피하지 못한다.

마법은 마법사의 의지에 마나가 움직여 발현하는 것이니 누군가 자신에게 마법을 펼치고 있다는 것을 자각하고 있어야 방어를 할 수 있다.

그것이 아니라면 무협 소설에서나 나오는 내공의 고수들이나 득도한 스님들 정도로 정신력이 강해야 한다.

마나의 실을 타고 마법이 펼쳐지자 그의 단전이 파삭하고 얼어 부서졌다.

일어나 땀을 닦자 당천의 신체에서 빠르게 생기가 빠져나가는 것이 느껴졌다.

한주먹거리도 안 되는 이런 놈을 이렇게 조심하는 이유는 단 하나다.

내 신분이 드러나서는 안 되기 때문이다.

인비저빌리티도 인간의 시각만 속일 뿐이다.

열화상 카메라가 설치되어 있는 곳이라면 소용없는 마법이다.

다행한 것은 열화상 카메라는 아무 데나 설치되어 있지 않다는 것이다.

주위를 둘러보니 CCTV는 설치되어 있지 않았다.

나는 생기가 계속 빠져가는 당천의 모습을 확인하고는 그의 집을 빠져나왔다.

"하, 이거 문제군. 언제 집으로 돌아가나."

큰 도로로 나와 무작정 걸었다.

가다 보니 마을버스가 나타났지만 타지 않았다.

좀 더 가니 시장이 나왔다.

그곳에서 아침을 먹고 시간을 보내다가 사람이 많아지는 시간에 아무 버스에나 올라탔다.

버스가 과천을 지나자 나는 내렸다.

'서울행이 아니었나 보군.'

택시를 타고 집으로 돌아오자 현주가 학교도 가지 않고 걱정하며 기다리고 있었다.

이야기는 했지만 외박을 할 줄은 몰랐던 모양이었다.

아내를 위로하며 한편으로 잘못을 사과했다.

어쨌든 잘못한 것은 맞았다.

*   *   *

이틀이 지나 다시 삼영 그룹의 회장의 집에 스며들었다.

그의 부인에게는 슬립 마법을 걸고 그를 깨웠다.

"끙, 누구냐?"

"다시 뵙는군요."

"헉."

그는 눈을 비비며 나를 바라보았다.

"웬, 웬일인가?"

"몇 가지를 여쭤보러 왔습니다."

나의 정중한 어조에 그가 평상심을 찾았다.

그리고 잠들어 있는 자신의 부인을 보고는 자리에서 일어나 의자에 앉았다.

"물어보게."

"얼마 전에 아드님이 납치된 일이 있었지요?"

"어, 어떻게 알았나?"

"그 자리에 있었습니다."

"흠, 무엇이 궁금한가?"

"왜 아드님이 납치를 당했으며, 그 당천이라는 자가 왜 회장님에게 종이라고 칭했습니까?"

그는 입을 꽉 다물고 말을 하려고 하지 않았다.

내가 품에서 날이 서늘한 다크나이트를 꺼내자 그는 한숨을 쉬며 말하기 시작했다.

"우리 사회에는 밝은 면이 있지만 어두운 부분도 많네. 빛이 있으면 어둠이 있는 것처럼 말일세."

"그렇죠."

그는 다시 나지막하게 한숨을 내쉬며 아주 천천히 이야기를 시작했다.

"세계의 경제는 지금 블록화되고 있지. 미국, 유럽, 중국. 이렇게 판이 짜여지고 있네. 경제 블록이 생기기 오래전부터 세계의 자본은 이미 그렇게 분할되어 있었었네. 자네도 잘 알 듯싶군. 유태인 자본, 화교 자본은 그 연원이 깊지. 요즘은 오일머니를 내세운 이슬람 자본도 하나의 강력한 블록을 만들고 있지. 화교 자본은 사실 중국이 공산화되기 전에는 정말 막강했고 유태인들의 자본은 미국을 중심으로 이루어지고 있네. 유럽의 자본은 유태인 자본과 이슬람 자본이 공존해 있네. 세계의 경제장막이 점점 엷어지는 이유는 이들 자본들 때문이네. 국가의 권력이 강화되고 과학이 발달하게 되자 기존의 자본들이 점점 힘을 잃어가게 되었지. 그러니 예전처럼 대놓고 무기를 팔아먹거나 압력을 가하기가 힘들어지기 시작하니 가지고 있는 돈을 굴릴 수밖에 없지. 가장 좋은 게 뭔가? 기업에 투자를 하는 것이네. 왜 홍콩이 금융이 발달해 있는지 아는가?"

"화교 자본 때문입니까?"

"그렇지, 자본은 세금을 피해 가야 하니까. 미국이나 영국과 같은 나라가 왜 조세회피국을 통해 들어오는 돈을 재제하지 못하는지 아나?"

"……."

"그렇지, 그들 때문이지. 미국이 뭐가 아쉽다고 듣도 보도 못한 나라에서 들어오는 자본을 인정해 주겠나? 얻는 게 있으니 그렇지. 그들은 막대한 정치자금을 유태인들에게 받으니 눈을 감아주는 것이야."

그의 이야기를 듣고 있으니 기가 막혔다.

이렇게 힘을 가진 자가 뒤에서 조종을 하니 판이 달라지는 것이다.

그리고 그렇게 만들어진 틀을 그들과 이해관계가 다른 나도 이익을 위해 이용하게 되니 기존의 틀은 더 단단해지는 것이다.

인간의 이기심을 이용한 교묘한 술책이었다.

게다가 설득력까지 어느 정도 있다.

나야 마법사의 직감이 작용하여 돈을 잃지는 않지만 100억 이상의 거래에서 양도소득세 20~30%를 매긴다면 리스크가 큰 주식이나 파생 상품 시장에서 어느 누구도 버텨낼 수 없다.

나도 국내 투자는 양도소득세를 냈지만 조금 부당하다고 여겨졌었다.

나도 그런데 거대 자본을 가진 자들이 그것을 용납할 리가 만무하다.

그렇다고 자본이 국가의 권력에 대항하기도 힘드니 편법

으로 각국의 법을 교묘하게 이용하여 작은 나라를 조세회피국으로 만들어놓은 것이다. 이제야 이런 사실들이 이해되기 시작했다.

자본을 가진 자들이 국가권력에 대항할 수는 없다.

하지만 정치인들이 자본을 가진 자들에게 대항할 수도 없다.

아무리 정치인이라 하더라도 개인은 거대 자본을 이길 수 없으니.

이렇게 서로 물고 물리는 먹이사슬 관계가 형성된 것이다.

"유태인 자본, 화교 자본이라고 해도 주인이 한둘이 아니지. 시간이 지날수록 자식이 늘어나니 예전과 같이 끈끈한 유대관계를 유지할 수도 없지. 자, 그럼 자네가 궁금해하는 나의 주인이라고 자칭하는 자에 대해 말해주겠네. 우리나라의 존경받는 부자 가문이 있지."

"……"

"경주 최씨 부잣집이지. 그리고 함흥의 고씨 일가네. 경주 최씨가 빛이라면 고씨 일가는 어둠이네."

"아~"

"고씨 일가의 선조는 중국에서 넘어왔지. 중국이 공산화되기 훨씬 이전에 말일세. 화교는 중국이 공산화된 다음에 급속도로 전 세계에 흩어졌지만 그전부터 꾸준히 그 지역을 넓혀

왔지. 동북공정도 그 일환으로 보면 돼. 힘이 있는 자들은 자신들이 세계에 중심에 서야 한다는 생각을 하고 나도 그 범주야. 우리 삼영 그룹이 우리나라의 중심, 그리고 나아가 세계의 중심에 서야 한다고 보니까. 목이 마르군."

그는 자리에서 일어나 냉장고에서 물을 꺼내 마셨다.

그는 갑작스러운 나의 방문에도 태연했다.

역시 늙은 생강이 맵다더니.

그는 살아온 인생의 길이만큼 많은 경험을 쌓았을 것이니, 그의 작은 행동에는 산전수전 다 겪은 사람이 보일 수 있는 여유가 묻어났다.

장남이 아닌 그가 거대 그룹을 물려받기 위해 피도 눈물도 없는 전쟁을 치렀을 것을 생각하니 그의 여유도 이해가 되었다.

"일본인도 치밀하지만 중국인도 마찬가지지. 고씨 일가는 어둠 속에 숨어 겉으로는 절대 드러나지 않았지. 북한이 김일성에 의해 장악당한 후에도 그들은 무사했으니까. 그만큼 그들은 민심을 얻고 있었고 초기에 정권을 잡은 김일성도 그들의 재산을 헌납받고는 풀어줬을 정도니 그들이 어떤 자들인지 짐작이 가지 않나. 그리고 그들은 남한으로 내려왔지. 원래 자본은 공산주의와 공존할 수 없어. 자본의 속성은 탐욕이네. 끊임없이 부를 늘려 나가려고 하는데 공산주의는 가진 것을 나누라 하니까 생각이 완전히 다른 것이지. 하지만 고씨 일가의 재산이 북한에만 있으리란 보장을 누가 한단 말인가. 그들의 재산은 결코 겉으로 드러난 법이 없었는데 말이지. 당연히 남한에도 무시 못할 재산이 있었지. 나는 김일성이가 몰랐다고는 생각하지 않아. 하지만 방법이 없었으니까. 그리고 고씨 일가는 겉으로 보면 명문가니 그를 치면 민심을 잃을 수 있으니 보내준 것으로 보여."

"……."

나는 그가 이렇게 길고 자상하게 이야기해 줄 줄은 생각하지도 못했다.

그냥 어디에 사는 누구다 정도만 가르쳐 줄 줄 알았다.

"아까 중국 놈들이 치밀하다고 했지?"

"예."

"그놈들이 수백 년 전부터 인재다 싶은 자들에게는 아무도 모르게 투자를 했지. 우리나라의 상당수 가문이 그 고씨 일가의 도움을 받았네. 선친도 그렇고 나도 적지 않은 도움을 그들에게 받았지. 아까 말한 종 어쩌고는 단지 그들만이 그렇게 생각할 뿐이지. 막말로 그들의 말대로 종이었다 하더라도 그종이 힘을 가지게 되면 주인의 품을 벗어나는 것이 도리지. 그렇다고 해도 그들의 영향권을 완전히 벗어날 수는 없어. 그들이 내 아들을 살려서 보낸 것은 그런 이유지. 팔 하나 부러

뜨려서 보냈지만 항의할 수도 없는 것이 내 처지일세. 물론 아들이 죽었다면 문제는 달라지겠지만 말이지. 내가 왜 이렇게 자세하게 자네에게 말을 하겠나?"

"그야 모르죠."

"잘 생각해 보게."

역시 그는 만만한 자가 아니었다.

거대 그룹을 이끄는 냉혈한이라고 불리는 자가 아닌가. 그는 내게 분명히 원하는 것이 있었다.

"그의 세력은 어떻습니까?"

"영향력으로 보면 당연히 대한민국 제일이지만 그 자체의 힘으로 보면 그다지 강하지 않네. 그들의 힘은 다 어둠 속에 숨어 있으니 말일세."

이 회장의 말을 들으니 일부 기업들이 유독 조폭들과 친밀한 관계를 유지하는 것이 이해가 되었다.

세계의 자본이 비록 블록화되어 가지만 이는 이해득실에 따라 뭉치는 것이고 유태인 자본, 화교 자본이라 하더라도 한 목소리로 소리를 내는 것은 지극히 힘이 드는 일이다.

예외가 있다면 종교적인 색채를 띠고 있는 오일머니 정도다.

경주 최씨 부자는 가뭄에 땅을 사지 않는다고 했는데 함흥 고씨는 그 기간에 땅을 늘리지만 원래의 땅 주인에게 소작을 후하게 주어 맡기니 민심이 등을 돌리지 않은 것이다.

나는 그의 저택을 나오면서 돈의 속성을 너무나 분명하게 보았다.

돈은 계속 그 크기를 불려나간다. 그리고 자본은 자본끼리 이익을 위해 뭉치는 성격을 가졌다.

그래서 나온 것이 경제블록이다.

부는 그것을 유지하기 위해 어떠한 수단과 방법도 가리지 않는다는 것을 이번 사건을 통해 배웠다.

돈 때문에 어둠에 잠긴 것이 최고 명문가라니 너무나 우스웠다.

그들은 어둠의 속성에 잠겨 있기에 사회가 투명화될수록 세력이 약화될 수밖에 없다.

그러니 그들은 사회가 건강해지는 것을 바라지 않는 것이다.

그래서 사회의 지도층에 끈을 만들고 뒤에서 조종하는 것이겠지.

그렇다면 사회가 밝고 건강해질수록 이런 자들의 세력은 힘을 잃게 될 것이다.

누군가 얻으면 누군가는 잃게 되는 것이 세상의 이치다.

나는 감시 카메라를 추적할 수 있는 기기를 구입하여 아공간에 집어넣었다.

한동안 밤에 돌아다녀야 할 것 같았기 때문이다. 그리고 나의 안전이 어느 정도 확인된 순간에 이러한 행동을 멈췄다.

덕분에 주식매매 타이밍을 놓쳐 제법 큰 손해를 보기도 했다.

*   *   *

이번 사건을 통해 나는 전면에 나서지 않고 좀 더 뒤로 물러나야 함을 알았다.

그렇게 하기 위해서는 동원산업이 더 영향력 있는 기업이 되어야 한다.

버크셔 해서웨이처럼 자회사도 거느리고 더 강력한 투자도 해야 한다.

그러기 위해 내가 가진 자본을 동원산업의 이름하에 운용할 필요가 있었다.

그리고 내가 하는 일인지 동원산업이 하는 일인지 사람들은 모르게 해야 한다.

이런 의도로 동원산업을 원했던 것이었는데 사실 늦은 감도 있었다.

"여보, 빨리 오세요."

"응, 갔다가 금방 올게."

배웅하는 아내의 손을 꼭 잡으며 나는 홍콩행 비행기에 몸을 실었다.

홍콩에 도착하자마자 마중을 나온 직원과 함께 바로 HSBC 투자 은행에 가 맥버린 상무를 만났다.

"반갑습니다, 사장님께서 기다리고 계십니다."

"아, 네."

나는 약간 놀랐다.

맥버린 상무와는 두 번째 만남이라 그다지 친한 것은 아니지만 전화통화는 자주 했었다.

홍콩이라는 도시는 서비스가 좋기로 유명하다.

사업을 하는 기업을 위한 원 스톱 서비스가 잘되어 있다.

약간의 수수료만 지불하면 대부분의 일을 대행해 준다.

요즘은 우리나라도 이런 면에서는 많이 나아졌다.

집이나 차를 사고팔 때도 일체의 모든 서류를 관련업체에서 대행해 주고 있으니 말이다. 다만 우리나라의 경우는 관공서가 문제다.

"에드워드 창입니다."

"김이열입니다."

"맥버린 상무에게 모든 이야기를 들었습니다. 저희 은행을 이용해 주셔서 고맙습니다."

"저도 도움을 많이 받았지요."

"하하, 그거야 당연한 것 아닙니까. 돈을 받았으니 일을 하는 것은 당연한 일이죠. 이것은 김 회장님이 전에 말씀하신 내용입니다, 살펴보시죠."

그는 서류를 내게 주었다.

정말 내가 말한 그대로 하나도 빠뜨리지 않고 꼼꼼하게 모든 서류가 다 구비되어 있었다.

"이대로 하면 되는 것입니까?"

"그렇지요, 저희 HSBC의 오랜 경험으로 비추어볼 때 서류는 퍼펙트합니다. 전에도 서류로는 완벽했지만 지금은 더할 나위 없습니다. 이제는 미국의 CIA가 뒤져도 먼지 하나 안 나올 겁니다."

에드워드가 이렇게 말하는 것은 홍콩 CIA지사와 평상시 어떤 거래가 있었다는 뜻이겠지.

하긴 이런 건수가 하나둘이 아니니 말이다.

내가 거래한 사소한 불법 사실을 잡아내려면 유태인 자본, 화교 자본이 비엔나 소시지처럼 줄줄이 딸려 나올 것이다.

일반인들이 혐오하는 비자금이지만 사업을 하다 보면 의외로 필요할 때가 있다.

큰 음식점이나 제법 규모가 되는 학원을 운영해도 경찰서, 소방서 심지어 지방 신문사에서도 찾아와서 손을 내민다.

그런데 경찰에게 집어준 돈을 세무서에 신고할 수는 없는 법 아닌가.

그러나 그들에게 돈을 주지 않으면 사업을 하는데 지장을 받는 일이 발생한다.

사람이 하는 일이라 털어서 먼지 안 나는 경우가 없기 때문이다.

물론 피치 못한 지출보다는 특정인을 위해 회사의 돈이 지불되는 경우가 있어서 문제가 되는 것이지만 말이다.

나는 서류를 검토하고 사인을 하고 넘겨줬다.

HSBC가 서류를 완성하여 돌려줄 것이다.

"이틀 후부터 거래를 하시면 될 것입니다. 이미 담당자에게 말해놓은 상태입니다."

"아, 감사합니다."

"무슨 말씀을. 김 회장님이 한 번에 거래하실 때마다 저희가 얻는 수수료가 얼마인데 그런 말씀을 하십니까?"

하긴, 한 번 거래할 때마다 수천억에서 조 단위로 하니 HSBC에 지불하는 수수료가 컸다.

또 한국으로 송금하는 것도 그들이 대행을 해주었으니 거기에 청구되는 비용도 적지 않았던 것이다.

나는 에드워드 사장이 사주는 음식을 먹으면서도 그가 직접 점심을 사줄 줄은 전혀 예상하지 못했다.

HSBC 그룹은 홍콩의 돈을 발행하는 발권은행이면서 전 세계에 8,500개의 지점을 가진 거대기업이다.

에드워드 창은 그런 기업의 본사 사장이니 무지하게 바쁜 사람인 것이다.

그런 그가 내게 점심을 대접하는 이유는 회사의 이익 때문이다.

전 세계의 모든 기업가는 이익을 위해서라면 무슨 일이든 할 용의를 가지고 있다.

그리고 기업은 서로 이익이 되어야 우호적인 관계가 계속 유지되는 것이다.

기업에게 도덕이나 인간적 의리를 따지는 것은 풋내기들이나 하는 짓이다.

기업은 수단과 방법을 가리지 않고 돈을 벌어야 한다.

왜냐하면 수많은 사람의 생계와 주주들의 이해관계가 달려 있으니까 말이다.

그래서 우리 사회의 법과 제도가 기업이 딴짓을 못하도록 분명한 경계선을 그어주는 것이 필요하다.

오늘날 한국의 법은 이 경계선을 부자들에게는 흐리게, 가난한 자에게는 지나치게 강하게 그어버린다.

그러니 법이 만민에게 평등하다는 말에 코웃음을 치는 것이다.

영국이나 미국 같은 나라에서는 이런 법이 엄격하게 적용이 되니 대기업이 감히 횡포를 부리지 못한다.

심지어 그들 나라에서는 과격하게 시위를 하는 것도 할 수 없다.

법이 엄하니 과격하게 시위를 하다 체포되면 형량이나 벌금이 무겁다.

그들은 범죄자들의 인권보다 피해자들의 인권을 더 중요하게 여긴다.

따라서 시위자들보다 과격한 시위로 피해를 입을 사람들을 더 중요하게 생각한다는 말이다.

그러니 우리나라처럼 파출소에서 취객이 난리를 치는 것은 생각하기 힘들다.

물론 칠 수는 있다.

그런데 그렇게 하면 바로 감옥행이다. 우리나라처럼 '선생님 이러시면 안 됩니다' 같은 거는 절대 없다.

이런 기준이 분명하지 않으면 기업은 자꾸 범법을 하려고 한다.

불법으로 1,000억을 벌었는데 걸리면 벌금이 고작 50억, 100억이면 누가 안 하겠는가.

이러한 점이 사법부와 공정위가 욕먹는 이유다.

그렇게 담합을 해서 불법으로 돈을 벌어놓고도 공정위의 처분에 불복한다고 소송을 제기한다.

불복을 하지 않으면 시인하는 꼴이니 어쩔 수 없이 무조건 소송을 걸어놓고 국민들의 관심이 줄어들면 슬그머니 벌금을 납부하는 것이다.

공정위나 기업이나 짜고 치는 고스톱인 것이다.

외국은 한국과 달리 주요 사건에 대해 배심원 제도를 두는 경우가 많다.

판사의 독단을 막기 위해서다.

우리는?

우리나라도 시범적으로 운영은 하고 있지만 여전히 판사들의 마음대로다.

물론 항소를 하면 되지만 오늘날 기업의 경우에는 항소가 무의미한 경우가 많다.

전자제품의 사이클 주기가 6개월 단위로 이루어지는데, 항소하면 이미 시간이 지나 소용없는 짓거리가 되어버린다.

그래서 대기업이 이것을 악용하여 중소기업이 만든 특허를 허락도 없이 도용하거나 불법으로 카피해서 쓰다가 걸리면 소송을 질질 끈다.

그러다가 자금이 열악한 중소기업이 도산해 버리면 재판을 통해 받는 작은 보상금이 무슨 소용이 있는가.

그래서 징벌적 보상 제도의 도입을 위해 시민 단체가 그토록 노력을 해온 것이다.

기업의 경쟁이 공정해야 하는 이유는 회사가 잘되어야 서민들의 삶이 나아지기 때문이다.

특히나 중소기업은 더욱 그러하지 않은가.

이제는 시민 단체가 다시 사법부를 감시해야 할 때이다.

안타까운 일이지만 사법부의 독립은 양날의 칼이다.

사법부가 독립해 있으니 그들이 부정부패하면 제재할 방법이 없다.

그렇다고 사법부가 독립이 되어 있지 않으면 문제는 더욱 심각하다.

홍콩의 야시장에서 가족에게 줄 선물을 사면서 이 작은 도시가 왜 이리 빛나는지에 대해 생각해 보았다.

6장

시법무의 독서

홍콩에 다녀온 후 나는 깊은 생각에 잠겼다.

문제는 사법부다.

법을 아무리 잘 만들어 놨어도 판사가 꼬장을 부리면 말짱 도루묵이다.

어떻게 할까, 하는 생각을 했으나 방법이 뚜렷하게 떠오르지 않았다.

결국 정법과 시민 단체를 통해 감시하는 수밖에 없다.

나는 개인적으로 불합리한 판결을 내린 판사들을 알아보기로 했다.

이것은 어렵지 않았다.

법조계에 있는 사람의 도움을 받아 재판의 판결문을 분석해 보면 금방 답이 나온다.

문제를 해결하는 것은 시간이 많이 걸린다는 단점이 있을 뿐이다.

결국 정법의 도움을 받아 부당한 판결 사례를 인터넷에 올리면서 한편으로는 억울한 판결의 희생자들에게서 투서를 받는다고 대대적으로 선전하였다.

이제 당신들도 세상으로 나와야 한다.

사법고시를 통해 힘들게 그 자리에 오른 것은 인정하지만 그 한 번의 시험으로 그토록 높은 자리에서 오랫동안 특혜를 누린다는 것은 불합리하다.

사법부를 견제하는 것은 마땅히 국회가 해야 한다.

그러나 국회가 하지 않는 이유는 서로의 이익이 갈리기 때문이다.

게다가 판사와 검사, 그리고 변호사 출신의 국회의원이 많은 것도 문제다.

그들은 국회의원직을 수행하면서도 로펌에 이름을 올려놓고 월급을 받아 챙기는 일이 비일비재하다.

그러니 그들이 움직일 리가 없다.

결국 시민이 나서서 나쁜 짓을 못하도록 감시를 해야 한다.

이 얼마나 피곤한 일인가.

서민들만 억울한 것이다.

비싼 변호사를 선임한 부자는 무죄나 미약한 처벌을 받지만 서민은 미약한 범죄를 저질러도 강한 처벌을 받는다.

이런 부당한 대우를 받으려고 국민들의 세금으로 사법연수원을 운영하는 것이 아니지 않은가.

나는 동원산업의 이름으로 시민 단체를 격려하며 은근한 말로 그들을 지원했다.

그리고 이전과 달리 공평하게 시민 단체를 지원하기 시작했다.

하지만 정치적인 색채가 있는 시민 단체는 지원하지 않았다.

이미 그들은 어디선가 충분한 지원을 받고 있었기에 그렇게 할 필요성을 느끼지 못했다.

"여보세요?"

ㅡ아, 저 차영표입니다.

"아, 네. 반갑습니다."

ㅡ제가 전화를 드린 용건은 이번에 해외로 봉사를 갑니다. 혹시 회장님이 시간이 되시면 같이 가시는 것은 어떨까 합니다.

"좋지요, 어디로 가시나요?"

―원래는 케냐로 가려고 했지만 아이티로 급히 방향을 틀었습니다.

"아, 아이티요."

―네, 그래서 회장님의 도움이 필요합니다.

"아, 네."

그와 이야기를 하며 얼마 전에 아이티를 강타한 지진을 생각했다.

한 달 전에 발생한 7리히터의 지진으로 아이티의 대통령궁과 국회의사당 건물이 무너졌으며, 20만 명의 사망자와 30만의 부상자, 그리고 수백만 명의 이주민이 생겼다.

하지만 그곳은 여행 금지 구역이다.

아직도 지진의 여진이 일어나고 있는 지역이기도 했다.

도움을 주는 거야 어렵지 않으나 이게 가능한지가 걱정이었다.

나도 TV에서 아이티의 지진을 보고 어떻게 하나 마음이 무거웠는데 이런 식으로 도움의 요청이 오면 거부할 이유가 없다.

그런데 이런 NGO의 도움이 쉽게 될 것이라고는 생각하지 않았다.

게다가 차영표 씨는 의사도 간호사도 아닌데 어떻게 돕는 것이 가능한지 의문이 들었지만 일단 만나기로 하였다.

무슨 의도로 이렇게 하는지 궁금하기도 했다.

두 시간 후에 차영표 씨와 몇몇 연예인이 같이 찾아왔다.

그중에 김해옥 씨는 사회봉사에 깊은 관심을 가진 사람으로 알려져 있었다.

"어서 오십시오."

"만나 뵙게 되어 영광입니다, 장영호입니다."

"안녕하세요, 김해옥입니다."

"아, 김이열입니다."

나는 그들에게 자리를 권하며 차를 대접했다.

낯설어하는 그들에게 편하게 마음을 가지라고 했다.

"아이티는 정말 마음이 아픕니다. 그런데 NGO의 출입이 가능합니까? 지진으로 대통령궁도 무너졌는데 비행장이라고 무사하겠습니까?"

"도미니카 공화국에서 배로 움직이기로 하였습니다. 저희는 실제적으로 도움이 되지 않기에 의사와 간호사의 일을 잠시 도와드렸다가 바로 나올 생각입니다. 아이티의 실상을 알리는 영상을 제작하는 것이 목적입니다."

"아, 그런데 제가 무슨 도울 일이?"

"의료약품과 생필품이 부족합니다. 특히 물 같은 것이 절대적으로 부족합니다."

"아, 그렇군요. 제가 염려한 것하고 달라서 다행입니다. 저는 개인적으로 다른 분들을 도와드리는 것을 자제하고 있습니다. 하지만 회사의 이름으로 필요한 만큼의 충분한 지원은 가능할 것입니다."

"아, 네."

차영표 씨가 약간 어리둥절한 표정이다.

"제가 개인적으로 도와주다 보면 여기저기서 사적으로 찾아오는 사람이 많아서 모든 일은 회사의 이름으로 합니다. 회사와 제가 협의해서 결정하니 그 문제는 그렇게 아시면 됩니다. 회사도 저도 돈을 벌었으니 어느 정도는 사회에 환원해야죠."

"아, 네."

나는 홍보실의 담당자를 불러 대외지원에 대해 필요한 만큼 해주라고 지시를 하고 이들과 식사를 하러 나갔다.

한국 정부에서 아이티 지원을 한다고는 했지만 초기에 말한 100만 달러는 너무 적다고 해서 결국 1천만 달러를 지원하게 되었다.

근사한 곳에서 점심을 대접하려고 했더니 차영표 씨와 김해옥 씨가 반대한다.

그래서 결국 근처의 식당에 가서 소박한 백반을 먹었다.

"이렇게까지 하면서 얻는 것이 무엇입니까?"

"마음의 행복이죠. 나누면 커지는, 따뜻해지는 마음 때문에 하죠. 술 한 잔 더 마신다고 행복해지지 않지 않습니까?"

"그것은 영표 씨 말이 맞아요. 한 끼 잘 먹는다고 행복해지지 않죠. 가난한 나라의 아이들의 순수한 눈을 보면 어쩔 수 없이 도울 수밖에 없게 됩니다. 그러면 이렇게 먹는 밥 한 공기의 소중함과 고마움을 깨닫게 돼요."

어쩔 수 없는 사람들이다.

아이티 사람들을 위해 도움을 청하러 와서 비싸고 맛난 것을 먹기가 부담스럽다고 한다.

나도 그들과 함께 백반을 먹으며 내가 살아 있는 것에 감사했다.

어쩌면 이렇게 잘사는 나라에서 '정의다, 아니다'를 논하는 것도 사치스럽게 여겨지기 시작했다.

그렇다고 알지도 못하는 나라의 사람들을 위해 사회정의를 실천하려는 노력을 멈추는 행동도 말이 되지 않았다.

우리는 천사가 아니다.

우리의 양심이 말하는 양만큼 마음이 우는 무게만큼 정성을 담아 도와주면 된다.

그들은 그들의 인생이 있고 자신의 운명은 스스로 개척해야 한다.

비정한 말 같지만 그들은 그들 스스로 무엇인가 해야 한다.

우리의 부모님들이 주린 배를 움켜쥐고 자식들을 위해 노력한 것처럼 그들도 자신들의 미래를 위해 노력해야겠지.

문제는 그들은 그런 희망을 품을 수 없을 정도로 절대 빈곤에 놓여 있다는 것이지만.

그들을 보내고 시민 단체의 사람들을 만나 어떻게 하면 사법부의 독주를 막을 수 있을까를 의논했다.

기득권을 가진 자들은 분명 새로 입법된 법을 무력화하려는 시도를 할 것이다.

우리 사회의 최고위층에 있는 그들이 무엇이든 못할까.

다섯 개의 시민 단체가 연합하여 다시 사법부를 감시하기 시작했다.

그 하나로 김명진 교수가 당한 석궁 사건을 조사하기 시작했다.

그의 공판기록과 판결문을 보니 무엇인가 이상했다.

마침 「부서진 화살」을 제작하는 김민호 감독과 연결이 되어 만나게 되었다.

그가 가진 자료를 열람하면서 이미 알고 있었던 일이지만 사법부의 횡포에 대해 말할 수 없는 분노를 느꼈다.

김명진 교수는 석궁 사건으로 실형을 선고받고 대법원에서 항소를 기각당해 지금 교도소에 수감 중이다.

석궁 사건은 그의 사법부에 대한 테러가 아니라 사법부의 국민에 대한 테러라 할 수 있는 사건이었다.

말할 수 있는 기회를 주지 않았고 증거를 조작하기까지 했다.

대법원의 결정이 났기에 어떻게 할 수 있는 사건도 아니었다.

단지 이런 사건이 있었다는 것을 국민에게 알리는 것밖에 할 수 없어 화가 났다.

그래서 나는 먼저 판사와 검사가 부정한 일로 옷을 벗게 되면 변호사 자격증을 취소해야 한다는 의견을 사회 각계에 개진할 필요성을 느꼈다.

차영표 씨를 보면 저절로 존경하는 마음이 들기는 했지만 그렇게 살고 싶지는 않았다.

그야 믿는 종교도 있고 가치관이 바뀌어서 그렇게 하는 것이지만 나는 아직 어떻게 살아야겠다는 결심이 없는 상태였다.

내가 부르짖는 사회정의의 밑바닥에는 이병천에 의해 하루 만에 망해 버린 회사에 대한 분노, 그리고 그것을 가능하게 만든 비틀어진 사회구조에 대한 경멸이 복잡하게 얽혀 있었다.

그리고 회귀를 하고 나서 잠시 김미영 씨와 만났다고 커피숍에 나타나 모욕을 준 이병천의 일로 가진 자에 대한 적대감이 있었다.

그래서 나는 차영표 씨처럼 되고 싶지 않았다.

그렇게 되면 내 속에 있는 분노와 적대감이 사라질까 두려웠다.

내 삶에서 부모님과 아내, 그리고 딸들에 대한 사랑이 원동력의 한 축을 담당한다면 반대로 분노도 하나의 축이 되어왔다.

그 분노가 없었다면 이렇게 부자가 되려고 하지도 않았을 것이다.

"아, 남상열 팀장 내 방으로 들어오라고 해줘요."

"네, 회장님."

내가 회장에 오르고 박송이 비서는 다른 부서로 발령받았다.

그녀가 대학원을 마쳐야 한다는 이유도 있었지만, 이제는 회사의 일을 총괄하게 되면서 경력이 부족한 그녀가 나를 보좌하기에는 무리가 있었기 때문이다.

새로 온 장정숙 비서는 근속연한이 10년이 넘는 베테랑이었다.

남상열 팀장이 들어와 조심스럽게 자리에 앉았다.

"저번에 회사들을 조사하라고 한 것 있죠."

"네, 회장님."

"내일까지 다 가져와요. 투자를 할 만한 회사는 재무제표

와 CEO의 사생활까지 모두 첨부해서요."

"네, 알겠습니다."

"선물은 어떻습니까?"

"네, 수익률은 그다지 높지 않지만 제법 괜찮은 편입니다."

"그래요?"

"네."

남상열 팀장은 주식과 선물을 총괄하고 있어 긴장한 채로 대답했다.

작년에 몇몇 직원이 실수를 하는 바람에 수익률을 확 까먹은 경험이 있었으니 긴장을 할 만도 했다.

그는 처음 왔을 때는 과장이었고 지금은 부장이다.

우리 회사에서 직책은 아무 상관이 없다.

내가 STL의 시스템처럼 실적에 의해서만 평가받게 만들어 놓았기 때문이다.

따라서 직책이 높다고 연봉을 더 높게 받는 것은 아니었다.

"일주일 후에 선물팀을 포함한 전체 회의가 있을 겁니다. 그리고 투자할 회사에 대한 브리핑 준비도 다 해오라고 하세요. 알아보기 쉽게 도표화해서 전에 드렸던 그 양식대로 하시면 전체를 한눈에 파악할 수 있으니 그렇게 하시고요."

"알겠습니다, 회장님."

"그럼 나가보세요."

이제부터 국내 기업에 투자를 하기도 하며 괜찮은 기업의 경영권을 인수할 생각이었다.

한국에서 영향력을 키우기 가장 좋은 방법은 역시나 기업을 인수하는 것이다.

사람됨이나 진실함보다는 그 사람이 타는 차가 무슨 종류인지, 집이 몇 평인지가 더 중요한 사회에서 살려면 그에 걸맞은 조건을 구비해야 한다.

세계 최고의 기업에 투자를 하는 것보다 수익률은 나쁘겠지만 그래도 고르고 고르면 그나마 괜찮은 것이 걸릴 것이라는 신념을 가지고 해보기로 했다.

*   *   *

일처리를 하고 일찍 회사에서 나왔다.

거리를 걸으니 차가운 바람이 가득한 계절이다.

어제 눈이 내렸었다.

오랜만의 눈을 보며 히말라야의 설원을 회상했다.

아무것도 없는 눈만이 존재하는 그 세계, 그곳에서 기연을 만났기에 유난히 눈이 살갑게 느껴졌다.

뉴스에서는 오늘도 눈이 온다고 했었는데.

이런 생각을 하고 10여 분 걷자 정말 눈이 내리기 시작했다.

눈발이 점점 굵어지더니 거리가 눈으로 변했다.

도로는 지나가는 자동차의 열기로 인해 금방 녹아 버렸지만 인도는 아니었다.

날씨가 제법 추워서인지 사람이 많지도 않아 내리는 족족 눈이 쌓였다.

걷다 보니 익숙한 간판이 보인다.

정말 오랜만에 보는 그녀의 빵집이다.

눈이 와서인지 가게에 손님은 많지 않았지만 분위기는 밝았다.

"오셨어요?"

"아, 오랜만입니다."

깔끔하지만 명품이 아닌 옷을 입은 그녀를 보는 것은 정말 새로웠다.

그녀는 아버지의 회사가 부도가 났어도 명품을 포기하지 않았었다.

그녀에게는 자존심 같은 것이었으니까.

조금은 피곤해 보이는 얼굴이긴 하지만 충분히 좋아 보였다.

그녀의 미모도 여전히 변함이 없었다.

"커피 드릴까요?"

"아, 네."

"저분들께도 드려야죠."

"네."

그녀는 내 뒤를 따라 들어온 경호원들을 보고 웃으며 말했다.

그녀는 카운터로 가서 직원에게 몇 마디를 하고 다시 되돌아왔다.

"정말 놀랐어요."

"뭐가요?"

"이열 씨가 그렇게 큰 부자가 될 줄은 꿈에도 생각을 못했거든요."

"아~ 그거는……."

커피와 작은 케이크 조각이 탁자에 내려졌다.

밖에는 여전히 눈이 내리고 있었다.

눈이 내리자 나무는 새롭게 옷을 입었다.

건물도 조금은 낭만적인 분위기를 풍긴다.

따뜻한 실내에서 보는 밖의 풍경은 평화롭고 행복해 보였다.

"어떻게 지내셨어요?"

"아기 키우느라 시간 가는 줄 몰랐어요. 아이가 이제 유아원에 가니 조금 여유가 생겼어요."

"아, 그렇군요."

"이열 씨의 아기는 어때요?"

"지 엄마 닮아서 깜찍하죠. 그 아이도 유치원에 보내야 하는데."

"후후, 쉽지 않죠."

"네, 얼굴이 알려지고 나니……."

그때 도로변에 유치원 버스로 보이는 차가 멈추어 서자 직원 중 하나가 마중을 나가 아이를 데려왔다.

나는 아이의 얼굴을 보고 격한 감정에 사로잡혔다.

민우의 다섯 살 때의 얼굴 그대로였다.

작고 섬세한 얼굴에 반짝이는 눈이 내 아들 민우가 맞았다.

"아, 아들이군요."

"네. 민상아, 이리로 와서 아저씨에게 인사드리렴."

"엄마."

달려오던 아이가 나를 바라보며 배꼽 인사를 한다.

"안녕하세요, 김민상이에요."

"아, 민상이구나."

순한 눈동자가 탐색자의 눈으로 바뀌어 나를 바라본다.

그리고 자기 엄마의 품안으로 들어가 안긴다.

"민상이 친구들이랑 잘 놀았어?"

"그게… 찬우가 놀려서……."

"너 또 아이들 때린 거야?"

"안 싸우려고 했는데, 자꾸 놀려서."

"그래도 참아야지."

"……."

민우도 어릴 때 개구쟁이였지만 거짓말은 하지 않았다.

지금의 민상이도 유아원에서 싸운 이야기를 숨기지 않고 말한다.

내 아들의 모습 그대로였다.

죽기 전의 민우의 얼굴과 다섯 살의 민상이의 얼굴이 교차 되자 저절로 눈물이 흘러내렸다.

"엄마, 아저씨 아픈가 봐요."

"응?"

나는 웃으며 눈물을 닦았다.

내 인생의 유일한 오점이었던 아들을 이렇게 살아서 다시 보게 되다니.

비록 이제는 남남의 관계가 되었지만 그래도 좋았다.

"아, 이열 씨."

놀라는 미영 씨를 제지하고 가만히 민상이를 바라보았다.

해맑은 얼굴에 조금은 개구쟁이 표정이 그대로 드러난 민 상이는 예전의 민우처럼 잘 자라고 있었다.

이러면 된 거다.

내 소원이 이루어진 것이야.

잘 자라서 훌륭한 인물이 되면 좋겠다.

"민상아, 누나들에게 가 있으렴. 엄마는 아저씨하고 조금 더 이야기를 하다가 갈게."

"응!"

민상이 쪼르르 달려가 '누나!' 하자 여직원들이 한결같이 우리 '민상이 왔네, 우리 왕자님 왔네' 하며 반긴다.

주위의 사랑을 받고 자라는 모양이었다.

"어때요?"

"네?"

"잘못하면 이열 씨의 아들이 될 뻔한 제 아들을 보니까 말이죠."

김미영 씨는 슬픈 표정으로 나에게 물었다.

"멋지고 사랑스럽네요."

"그렇죠."

고개를 갸웃거리는 그녀를 웃으며 바라보았다.

여전히 아름다운 모습이지만 이제는 제법 아줌마의 얼굴을 하고 있다.

그만큼 겪은 일도 많고 느낀 것도 많다는 뜻이겠지.

커피가 식어 직원이 다른 커피로 내왔다.

커피를 마시니 평상시와 달리 입이 썼다.

무언가 내 마음이 동요하고 있다는 것이다.

내 스스로 느끼지 못하지만 슬픔을 가지고 있다는 것이겠지.

내 전생의 아내였던 여자를 앞에 두고 뜨거운 커피를 마시니 내리는 눈이 눈 같지 않고 눈물처럼 가슴에 그득하게 고인다.

"생활은 어렵지 않으십니까?"

"애 아빠 때문에 힘이 들어요. 자녀 양육권을 포기한다고 해놓고, 아버지 사업체를 그렇게 만들어놓고……. 이제는 내 가게마저 흔들고 있어요."

"아, 그래도 민상이는 자기 아들 아닙니까?"

"우리 아이 이야기가 그 여자의 귀에 들어간 모양이에요. 그래서 한동안 곤란했었나 봅니다."

"아, 네."

나는 그림처럼 조용한 그 여자를 기억했다.

동방금융의 여진연.

그녀는 언론에 거의 나서지 않고 또한 성격도 조용하다고 알려져 있다.

그래도 여자의 질투는 성품과 다른 것이었던가. 아니면 사람들에게 잘못 알려진 것이든지 말이다.

"많이 힘든가요?"

"네, 회사가 넘어가고 나자 아버지가 아프서서 치료비도 많이 들어가고 이 가게의 수입으로는 조금 힘이 들어요. 지인들에게 빌린 돈으로 한 것이라 이자도 지불해야 하고요."

말하면서 환하게 웃는 그녀를 보니 가슴 한가운데가 서늘해졌다.

"병원에 입원해 계십니까?"

"네."

"무슨 병원입니까?"

"아, 보라매 병원이에요."

서울 시내에서는 삼영 그룹과 영대 그룹이 운영하는 두 개의 병원을 제외하고는 보라매 병원이 가장 좋다.

돈이 있다면 당연히 그 두 병원 중에서 택하여 입원했겠지만 그렇지 않으면 보라매 병원도 나름 좋은 선택일 수 있다.

"한번 병문안을 가도 될까요?"

"아니, 왜 이열 씨가……."

"저와 미영 씨는 공통분모가 있잖습니까. 맞선도 보았지만 이병천에게 곤란한 일을 당한 것 말입니다."

"아, 그 일은 죄송합니다."

"아니죠, 사과를 한다면 본인이 직접 해야겠지요. 그 사람은 자기가 무슨 일을 했는지도 모를 겁니다."

"그렇겠지요."

나직하게 내쉬는 그녀의 한숨 위에 눈이 내려앉은 듯 그녀의 표정은 한스러웠다.

사람들은 나름대로 그 자신만의 한을 가슴에 품고 사는데 이 여자는 남들보다 더 큰 슬픔을 간직하고 살아가고 있었다.

강제로 원하지도 않는 성관계를 가져 임신을 하고 애 아버지는 낳은 아들을 부정한 것도 모자라 아이의 할아버지의 회사마저 망하게 만들었다.

그 충격에 그녀의 아버지는 병원에 입원했으니 그녀가 간직한 슬픔은 그 길이가 다르다고 할 수 있다.

그녀의 나이는 이토록 젊은데, 살아갈 날들이 많이 남았을 터인데.

"힘이 들면 저번에 맡기신 금액의 일부라도 찾아서 쓰시지요."

"아니에요, 그건 우리 민상이의 몫으로 한 것인데 조금 힘들다고 찾아 쓰면 나중에 민상이가 컸을 때 더 힘들어질 것이에요."

나는 고개를 끄덕였다. 맡긴 돈이 많지 않아 수익률이 높아도 큰돈은 되지 못했다.

"병이 다 나으시면 제가 일자리를 한번 알아보겠습니다."

"아…….."

그녀는 내 말에 아무 말도 못하고 눈물만 흘렸다.

남부럽지 않게 살던 집이 풍비박산 난 것이 모두 자신의 탓이라고 생각하면 그녀의 가슴에 남은 것은 한밖에 없을 것이다.

그동안 이병천이 무엇을 하고 있었는지 잊고 있었다.

냉혈한인 그가 자식을 인정하지 않았을 것이라는 것은 눈에 불을 보듯 뻔한 일이었다.

다만 자신의 장인이라고 할 수도 있는 상아 제약을 망하게 만들었다는 것은 정말 인간이라면 그래서는 안 되는 것 아닌가.

자기 때문에 한 여자의 인생이 망했는데 위로는 못 해줄망정, 용서는 구하지 못할망정 그 집안을 망하게 만들다니.

인간은 도대체 얼마만큼 악해질 수 있을까.

자신이 사랑했던 여자를 강제로 범해 임신을 시켜놓고 그 집안을 망하게 만든다는 것이 평범한 사람이 할 수 있는 일일까.

그녀와 이야기를 끝내고 집으로 돌아오는 길이 유독 슬펐다.

눈이 와서인지 오늘은 너무 감성적으로 변했다.

아들 민우를, 아니, 이제는 민상이라는 이름을 가졌지만 그 아이를 만나서인 듯했다.

내 원죄이며 나의 사랑이었던 아들.

그 아이가 다시 어린 모습으로 살아가고 있는 것을 보니 울

컥했던 것이다.

나는 보라매 병원에서 근무하는 친구인 남한성에게 전화
를 했다.

"무슨 병이야?"

─야, 너 오랜만이다. 이제 회장님이라고 불러야 하냐?

"헛소리 그만하고……."

─내가 어떻게 아냐. 이제부터 알아봐야지. 그런데 누구
야?

"그냥, 아는 사람인데 좀 알고 싶어서."

─휴우, 친구가 부탁을 해오는데 거절할 수 없지. 금방 알
아봐서 전화를 줄게. 야, 그리고 너 정말 술 안 살 거야. 저번
에도 그냥 갔었잖아.

"그때는 네가 시간이 없었잖아."

─그래도 그렇지.

"부탁해."

─시발, 어……. 젠장. 옆에 환자가 있는지 몰랐네.

"하하, 참. 너도 어이가 없다. 꼭 욕을 그렇게 하고 싶냐?"

─아, 쪽팔린다. 그만해라. 이따가 전화 줄게.

잠시 후에 전화가 왔다.

당뇨와 고혈압이 겹쳐 있는데 주된 병은 울화병이라고 하
였다.

왜 울화병이 생기지 않겠는가. 나도 그놈 때문에 미칠 것 같았는데.

나는 인연의 끈이 얼마나 질긴지 이해할 수 있었다.

그래도 전생보다는 민우도 그녀도 행복해질 수 있다는 생각에 미소를 지을 수 있게 되었다.

집에 돌아오니 유진이가 두툼한 옷을 입고 정원에서 눈을 밟으며 엘리스와 놀고 있었고 현진이는 그런 모습을 보며 울고 있었다.

밖에 나가 놀고 싶은데 허락을 해주지 않으니 서럽고 화가 나서 우는 듯했다.

"아이구, 우리 현진이가 왜 이렇게 울까?"

"아빠, 아빠."

아빠라고 부르며 울기만 한다.

밖으로 손짓하는 것이 나가고 싶다는 뜻이다.

나는 현진이를 밖으로 데리고 나가려고 했다가 현주의 눈빛에 놀라 거실로 아이를 데리고 갔다.

"아빠?"

"언니도 이제 들어오게 할게, 여기서 놀자."

"앙."

나는 밖으로 나와 유진이를 안아 안으로 들어왔다. 엘리스는 자동으로 따라 들어왔다.

"밖은 추워. 감기 들면 고생을 하니까 적당히 놀아야지."

"응."

아이의 차가운 볼이 얼굴에 와 닿았다.

내 피붙이, 내 딸.

유진이를 안고 거실로 들어와 창밖을 바라보았다.

넓은 정원에 가득한 눈이 다른 세상처럼 보였다.

딸을 안으니 가슴속에 가득했던 어둡고 슬픈 감정들이 흔적도 없이 사라져 버렸다.

그래, 내겐 이렇게 귀엽고 사랑스러운 딸이 있어, 라고 생각하니 오늘 있었던 일들이 꿈같이 느껴졌다.

7장

___

우리 사회를 변화시키는 것들

남상열 팀장이 주고 간 서류를 검토하며 나름대로 국내 투자를 어떻게 해야 할지에 대해 시간이 날 때마다 생각을 하였다.

 국내 기업에도 투자를 할 만한 기업은 많다.

 하지만 문제는 시가총액이 너무 작다는 것이다.

 조금만 매입해도 대주주가 되어버리니 양도소득세를 20~30%를 내면서 주식투자를 한다는 것은 매력적이지 못하다.

 삼영전자 정도 되면 투자할 만하지만 그 회사는 주가의 탄력이 너무 떨어진다. 그러니 국내 투자는 대체적으로 매력이 없다.

수십 장의 서류를 봐도 마음에 드는 회사가 없다.

이제는 이전처럼 높은 수익률을 어떻게 해도 담보할 수 없게 되었다.

내가 가진 자산이 너무 많다 보니 이제는 내 것만 투자하기도 벅찬 상황이 되어버린 것이다.

"하, 이제 어떻게 한다."

요즘은 페이스북 주식도 어떻게 할까 가끔 생각을 하고 있었다.

2007년에 MS가 페이스북의 지분 1.6%를 2억 4천만 달러에 매입하였다.

당시 나는 너무 바빠 그 사실을 알고는 있었지만 신경을 제대로 쓰지 못하고 있었다. 그리고 신경을 쓴다고 해도 내가 관여할 바도 아니었다.

내 지분은 경영권에 대해서는 발언권이 없었고, 또 마크 주커버크가 자신의 지분을 매각하겠다는데 내가 무슨 말을 하겠는가.

5%의 지분을 가지고 있어 제법 수익이 나겠지만 지금은 돈이 그다지 아쉽지 않았다.

게다가 페이스북은 얼마 지나지 않아 기업공개를 할 것인데, 구글이나 다른 IT 관련 기업공개의 예를 볼 때 미리 처분하는 것은 좋은 생각이 아니었다.

구글은 기업공개가 되고 나서 불과 4년도 안 되어 주식이 무려 일곱 배 이상 올랐다.

구글의 공모가는 85달러였는데 첫날 100달러에 거래되었다.

첫날에만 무려 18%가 올랐다.

그러니 페이스북의 주식도 처분할 것이 아니라 오히려 사야 할 타이밍이었다.

STL의 주식도 괜찮다.

애플에 비견되는 몇 안 되는 기업 중의 하나이니 말이다.

애플이나 구글, 그리고 아마존의 주식은 올해도 요동을 치고 있었다.

나는 그런 타이밍을 놓치지 않으니 이들 기업의 시가총액이 늘어나는 속도보다 내 자본이 늘어나는 속도가 몇 배나 빠르다.

결국 나는 계속해서 새롭게 투자할 기업을 끊임없이 찾아야 한다.

그런 기업을 찾는 일이 이제 나 혼자의 힘으로는 힘들어지는 단계에 이르렀다.

요즘은 도무지 어떻게 투자를 해야 할지 감이 안 온다.

물론 지금도 어느 정도 수익률은 보장이 되지만 과거와 달라지는 투자 패턴 때문에 이제는 고객들에게 과거와 같은 높은 수익률이 가능하지 않다는 것을 이야기할 때가 온 것이다.

책상 위의 핸드폰이 지이잉, 하고 운다.

누군가 하고 봤더니 현주다.

"응, 웬일이야?"

─유진이 말이에요.

"유진이가 왜?"

─유치원을 가야 하잖아요.

"그렇지, 나도 그것 때문에 고민이야."

─그래서 그러는데요. 제가 알아보니 근처의 유치원이 매물로 나왔어요. 그거 제가 사서 하면 안 될까요?

"당신이?"

─네. 제가 사서 운영을 하면 아무래도 당신이 걱정하는 일도 없을 터이고, 또 경호원을 유치원 전체에 배치하면 더 좋잖아요.

"좋은 생각인데."

─그럼 제가 알아볼까요?

"회사 고문 변호사를 보낼게. 법률적인 것은 그분에게 맡기고 나도 좀 봤으면 좋겠는데."

─바로 여기예요.

현주는 유치원 앞에 있었는지 전화를 화상통화로 바꾼 후에 건물을 비춰주었다.

건물은 깨끗하고 나무랄 데가 없어 보였다.

"건물은 괜찮은 것 같은데."

―그렇죠?

"응."

유치원을 인수하면 유진이뿐만 아니라 현진이도 유치원에 보내면 될 것 같았다.

괜찮은 생각이었다.

*   *   *

예전이 좋았다.

달라진 것은 하나도 없는데 오며 가며 경호를 받자니 귀찮고 성가시다.

안 받자니 현주의 등살에 시달릴 것 같았다.

나이 많으신 부모님도 참고 계시는데 원인 제공자인 내가 안 받겠다고 말할 수는 없었고.

벌써 서류를 들고 몇 시간째 붙잡고 있으니 머리에서 열이 다 날 지경이다.

고객의 돈으로 투자를 하는 것이라 고민을 안 할 수 없다.

내 개인 돈이면 손해를 봐도 다른 곳에서 메꿀 수 있어 문제가 되지 않지만 고객의 돈은 그렇지가 않았다.

고객의 돈을 모두 해외로 돌리고 내 돈으로 국내 투자를 할까도 생각해 봤지만, 그렇게 되면 국내 기업들을 인수하거나 합병하게 되면 내 개인 기업이 되는 문제가 생긴다.

이래저래 고민이 되었다. 이런 생각을 하고 있는데 기획사로부터 전화가 왔다.

―사장님. 저 장 실장입니다.

"네에."

―기뻐해 주십시오. 드디어 효주가 드라마 출연을 하게 되었습니다.

"아, 그래요?"

―네, 박동리 작가의 대작인 「나만 사랑해」의 조연급으로 출연을 하게 되었습니다.

"오, 정말 축하할 일이군요."

―효주가 꼭 사장님께 알려드려 달라고 하도 간곡하게 부탁을 해서 이렇게 전화를 드리게 되었습니다. 사장님 회사일로 바쁘실 텐데 죄송합니다.

"아닙니다. 효주가 옆에 있나요?"

―네, 바꿔 드리겠습니다.

장 실장의 말이 끝나자마자 전화기에서 효주의 목소리가 들려온다.

—사장님, 효주예요.

"그래, 축하해."

—모두 사장님 덕이에요, 정말 감사해요.

효주의 목소리에 물기가 묻어났다.

기쁘면서도 감격이 되어 울고 싶은 마음인가 보다.

그동안 그녀는 집안 형편이 어려워 집안 살림을 혼자 책임졌었다.

나는 우리 기획사와 계약을 한 연예인의 부모들과 꼭 만나서 이야기한다. 부모들이 잘해야 자식들이 행복할 수 있다고.

영화배우 김은성 씨의 죽음도 부모의 빚 때문이라는 말이 한동안 있었다.

한 해 10억을 버는 그녀가 삶을 포기한 것은 도저히 감당할 수 없는 일을 벌인 부모의 무책임 때문이었다.

극단적 선택을 하는 연예인들의 뒤에는 부모들의 도박이나 사치, 그리고 사업 실패가 적지 않다.

부모의 탐욕, 또는 부주의가 하늘을 나는 자식들의 날개를 꺾어버리는 일이 되는 것이다.

효주는 나와 늦게 만났지만 마음이 곧은 아이라 애착이 많이 가는 타입이었다.

얼굴도 천사처럼 예쁜데 하는 짓은 더 예뻤다.

그녀가 처음 왔을 때 얼굴을 붉히고 생활비 지원을 받고 싶다고 말했을 때부터 좋아했다. 가족을 위해 자존심을 버린 마음이 고와서이다.

그 아이가 잘되어가는 모습을 보니 내 마음도 덩달아 뿌듯했다.

내 실제 나이가 그래서인지 아이들이 자식처럼 느껴졌다.

비록 현주와 나이 차이가 많이 나지는 않지만 그래도 내 마음은 그랬다.

다시 현주에게서 전화가 왔다.

─여보, 변호사님이 오셔서 가계약 했어요.

"벌써?"

─이야기를 들어보니 상대방의 사정이 딱하기도 하고 건물에 이상이 없으니 유진이 생각하면 마음이 급해져서요.

"그래, 잘했어. 자식 때문에 하는 것인데, 잘했어."

─고마워요, 그렇게 말해줘서요.

"무슨 소리야. 내 딸 잘되라고 하는 일인데. 그리고 내가 언론에 드러나지만 않았으면 그냥 집 근처 유치원 보내도 되었을 텐데, 내가 미안하지."

─참, 당신은 마음이 너무 넓어요.

"무슨 말도 안 되는 소리야."

─하여튼 자세한 이야기는 집에서 해요.

이 나이에 딸 같은 아내와 살면서 이 정도도 하지 않으면 그게 말이 되는가.

내 진짜 나이를 밝힐 수는 없지만 말이다.

그러고 보니 진짜 딸 같은 나이였다.

민우가 열여덟 살에 죽고 삼 년을 보내다가 과거로 돌아왔으니.

처음 만났을 때 현주의 나이가 스물한 살이었다.

돈이 많다고 삶이 달라지는 것은 아니다.

좋은 부모를 만나 별 어려움 없이 살았던 인생이다.

비록 우여곡절은 많았지만 신의 축복을 너무 많이 받아 오히려 두렵다.

어깨가 무거워진다.

*   *   *

올해가 가기 전에 사회를 위해 무엇인가를 해야겠다는 생각이 자꾸 든다.

항상 마음에는 있었지만 구체적으로 어떻게 해야 할지 몰랐고 작년까지는 내가 설정해 놓은 목표치에 이르지 못했었다.

하지만 올해부터는 지갑을 열어도 될 것 같았다.

머리가 지끈거려 회사를 나왔다.

원래부터 회사에 오래 있는 편이 아니라서 일찍 퇴근하는 것이 직원들에게는 너무나 자연스러운 일이 되어버렸다.

커피숍에 도착하니 직원들이 반갑게 맞이한다.

내가 없어도 잘 돌아가는 것은 동원산업뿐만 아니라 이 커피숍도 마찬가지였다.

오랜만에 김지나 지배인이 집무실로 커피를 가져온다. 그녀의 얼굴이 무척이나 밝았다.

"무슨 좋은 일이 있어요?"

"네, 남편이 이제는 걸어 다닐 수 있게 되었어요."

"오, 축하드립니다. 그런데 루게릭병이 호전되기도 하나요?"

"의사 선생님들도 흔한 일이 아니라고, 기적이라고 말씀하셨어요."

"아, 좋은 일이군요. 그동안 지배인님이 힘드셨을 터인데 말이죠."

"힘들긴요."

얼굴에 생기가 가득한 그녀의 모습은 아름다웠다.

얼굴도 예쁘지만 마음도 아름다운 사람이다. 문제는 귀여운 악동으로 변한 소연이다.

"소연이는요?"

"요즘은 지 아빠하고 시간을 보내느라고 가게에 잘 오지 않아요."

"아, 그래요."

그래서 베티가 보이지 않았던 것이었군.

내가 오면 먼저 알아채고 다가와 친한 척을 하는 베티였는데 주인이 집에 있으니 그녀도 별수 없이 집에 남은 모양이었다.

"그러면 소연이 아빠는 요즘 무엇을 하시나요?"

내 말에 김지나 씨가 방긋 웃었다.

"시를 써요."

"시요? 그거 돈이 안 되는 거 아닌가요? 최근에는 시집은 대부분 자비로 출판된다고 하던데요."

"네, 그래서 소설도 쓰려고 하나 봐요. 아직까지 소설은 그래도 그렇게까지는 어렵지 않은가 보더라고요."

"소설은 그렇죠. 잘 쓰면 백만 권은 힘이 들지 몰라도 십만 권 정도는 팔리니까요. 시인이 글을 쓰면, 흠……. 문체 하나는 죽이겠는데요."

"네, 그이가 글은 잘 쓰는 편이에요."

"소연이를 생각해서라도 잘되어야 할 텐데요."

"네……."

"언제 한번 봤으면 하네요. 저도 소설을 쓰려고 하는데 시간이 나지 않아서 힘이 들었는데요."

"네, 그이에게 말씀 전할게요."

"네, 그렇게 해주시면 저도 좋겠군요."

김지나 씨가 방을 나가고 나자 나는 미소를 지었다.

소연이와 그녀의 남편을 찾아가서 포션을 먹인 적이 있다.

효과가 있는 것 같아 몇 번 더 수고를 했었다.

포션 자체가 만병통치약이 아니어서 병세를 완치시킬 수는 없었지만 많이 호전되어 그나마 걸어 다닐 수는 있게 된 모양이다.

아마도 정상인처럼 걷지는 못할 것이다.

그래도 호흡곤란을 일으켜 중환자실을 들락거리던 사람이 이제는 걸어 다니게 되었으니 더 이상 무엇을 바라겠는가.

포션은 5서클의 마법사가 되거나, 연금술을 배우면 만들 수 있게 된다.

그러나 불행하게도 아공간에는 포션을 만들 재료가 부족하다.

그러니 아공간에 남아 있는 포션이 전부다.

커피를 마시고 오랜만에 소설을 구상하는데 현주가 커피숍에 도착했다.

회사에서 출발하기 전에 그녀에게 전화를 했었다. 그리고 함께 효주의 드라마 출연을 축하해 주기로 했다.

"어서 올라가요. 빨리 축하해 주고 집으로 가요. 아이들이 기다릴 것 같아요."

"그러지."

3층에 올라가니 기획사 직원들이 모두 나와 인사를 하는데 분위기가 매우 좋았다.

작은 기획사에서 첫 드라마 조연을 따냈으니 굉장한 일이 아닐 수 없었다. 그것도 신인이 말이다.

"사장님 오셨습니까?"

"아, 장 실장님. 효주 있나요?"

"예, 모두 기다리고 있습니다."

가장 큰 연습실에 직원들과 연예인, 그리고 연예인 지망생들이 기다리고 있었다.

테이블 위에 각종 음식과 술이 놓여 있었다.

모두 나와 현주를 번갈아 바라보는데 호기심이 가득한 얼굴이다.

"사장님, 한 말씀 하시죠."

"아, 그럴까요. 장 실장님이 한마디 하라고 하니 하겠습니다. 먼저 효주의 드라마 출연 축하한다. 대박 나기를 바란다."

효주가 감사해요, 하고 얼굴을 붉히며 소리를 질렀다. 현주가 자꾸 내 옆구리를 친다.

왜, 하고 물으니 사람의 수에 비해 음식이 적다는 것이다.

그제야 나도 테이블 위의 음식들이 눈에 들어왔다.

아마도 내가 온다고 하니 급조해서 만든 티가 났다.

현주에게 귓속말로 내가 저녁을 살까 하고 물으니 고개를 끄덕인다.

"아내가 음식이 부족하다고 저보고 한턱을 쏘라고 하네요. 지금 시각이 저녁으로는 조금 이르니 음식점에 예약을 하고 시장하신 분들은 조금만 드시고 가지요."

"와아!"

"사장님 만세!"

연습실에 모인 모든 사람이 환호를 하였다.

그런데 주머니 속의 핸드폰이 울렸다. 정법의 남도일 변호사에게 전화가 왔다.

오늘은 참 전화가 많이 오는군, 하며 통화를 하는데 TV를 보라는 것이다.

왜냐고 했더니 일부의 기업과 시민 단체들이 징벌적 보상 제도를 가지고 위헌소송을 했다는 것이다.

그 소리를 듣고 이게 뭐하자는 수작인지, 이해가 되지 않았다.

내 방에서 TV를 켜니 남도일 변호사가 말한 내용은 이미 거의 끝나가고 있었지만 요지는 확실하게 파악할 수 있었다.

보수대연합이라는 듣도 보도 못한 시민 단체 연합이 징벌적 보상 제도가 우리 사회의 근간을 흔드는 제도라고 이의를 제기했고 삼일건설과 한성 그룹 등 31개의 대기업이 징벌적 보상 제도의 시행을 반대한다며 헌법소원을 냈다.

이건 또 뭔가 싶었다.

이렇게 뻔뻔한 사람들과 이 땅에 같이 사는 것이 창피하였다.

나쁜 짓 하지 말고 남의 아이디어나 기술은 돈 주고 사서 쓰라는 것이 사회의 근간을 흔드는 일인가?

사회적 약자를 배려하자는 것도 아니었다.

그냥 정정당당하게만 하자는 것이다.

그래서 불법을 저지르는 자에게는 페널티를 주자는 것이다.

올림픽 경기나 세계 육상 경기에서도 신호음보다 먼저 출발한 주자는 바로 실격 처리된다.

남들보다 먼저 출발하면 공정하지 않기 때문이다.

기업이라고 다를 게 없다.

남의 아이디어와 기술, 그리고 특허에 정당한 대가를 지불하라는 것이다.

다른 나라 기업의 특허에는 끽소리도 못하고 로열티를 다 내면서 왜 국내 기업의 기술에는 로열티를 내지 않고 쓰는가 하고 반문하는 것이다.

스마트폰이 나오면서 국내기업이 퀄컴에 애플리케이션 프로세서(AP)를 사용하는 대가로 치루는 로열티가 한 해에 거의 2조 원에 육박한다.

그리고 그 이전에 퀄컴이 CDMA 기술료로 챙긴 돈만 3조에 달한다.

이렇게 외국 기업에는 달라는 대로 로열티를 주고, 국내 중소기업이 만든 기술에게는 돈을 지불하지 않겠다는 것이다.

그러니 외국 회사와 동일하게 기술 사용료를 지불하라는 것이 사회의 근간을 흔드는 행위인가.

현주가 옆에 있어서 그녀에게 간단하게 사정 이야기를 하고 직원들과 함께 저녁 식사를 하러 왔다.

고기를 먹고 냉면도 먹었지만 맛도 제대로 느끼지 못했다. 정신적 충격을 받은 것 같았다.

미쳐가던 나의 전생이 생각났다.

거대 기업은 작은 기업이 도저히 맞설 수 없는 벽이었다.

부도를 막으려고 미친 듯이 뛰어다니다가, 그리고 이직한 직원들을 설득하려 노력하다가 한순간 퓨즈가 끊어졌던 그 어둡고 축축한 시간들이 악몽처럼 떠올랐다.

가진 자들은 모른다.

그 처절하고 비참한 심정을. 그러니 이렇게 하는 것이겠지.

"여보."

현주가 조용한 목소리로 나를 불렀다.

그제야 기억 속의 어두운 진실들이 다시 기억의 저편으로 사라졌다.

내 의식의 불이 들어오고 눈앞에 나를 조심스럽게 바라보는 사람들의 모습들이 보였다.

"아, 미안합니다. 잠시 생각할 것이 있어서. 제가 먼저 자리를 떠야 할 것 같습니다. 효주야, 다시 한 번 축하한다. 그리고 오늘은 먹고 싶은 것이 있거나 하고 싶은 것은 다 하고 오세요. 장 실장님, 모두 회사 비용으로 처리하세요."

"알겠습니다, 사장님."

장 실장이 조심스럽게 대답했고, 나는 자리에서 일어났다.

현주도 내 뒤를 따라 음식점을 나와 급히 집으로 돌아왔다.

돌아오는 내내 나는 말이 없었고 현주도 묻지 않았다.

8장

아이를 키운다는 것

집에 돌아오자 유진이가 밖에서 엘리스와 놀고 있었다.

워낙 건강한 아이지만 이틀 연속 밖에서 노는 것이 걱정이
되었다.

품에 안기는 딸의 볼에 입을 맞추고 안으로 들어왔다.

부모님께 인사를 드리고 2층으로 올라왔다.

현주가 유진이와 현진이를 돌보느라 한참 후에 방으로 들
어왔다.

"여보, 힘내세요."

"응, 고마워."

"당신이 하려는 일이 옳은 일이라는 걸 알아요."

"……."

등에 기댄 현주의 체온이 그대로 느껴져 좋았다.

같이 옆에 있어주는 것만으로도 위로가 된다.

가는 길이 혼자가 아니라는, 그래서 외롭지 않다는 안도감이 생기면서 긴장했던 근육들이 풀어지기 시작했다.

"여보."

현주가 부르는 다정한 소리에 나도 모르게 그녀를 끌어안았다.

부드럽고 포근한 아내의 품이 오늘은 유난히 좋았다.

아내가 있어 마음에 위로가 된다.

아내를 안다 보니 어느새 서로의 몸을 만지고 더듬게 되고 그러다 보니 뜨거운 키스를 하게 되었다.

오늘은 그녀의 손길에 내 영혼이 위로를 받는 느낌이 들었다.

방 한가운데 서서 서로의 몸을 어루만지다 보니 점점 흥분이 되었다.

침대에서 아내의 옷을 벗기고 부끄러워하면서도 적극적인 그녀의 몸짓에 나는 마치 파도를 타듯 아내의 몸을 운전했다.

바람이 불고 갈매기가 하늘을 날면 배 위의 선장이 항구를 그리워하듯 나는 간절하게 끝을 향해 달렸다.

"아아~"

아내의 입에서 나직한 노래가 흘러나온다.

그 소리가 내게는 새로운 감정이 되고, 그것이 쾌감으로 변하며 머릿속에서 폭풍이 밀려오듯 용광로가 터졌다.

"하아~"

나는 나지막하게 숨을 뱉어내며 무너지듯 아내의 몸 위에 쓰러졌다.

아내의 손이 내 등을 어루만진다.

나는 마침내 항구에 도착하고 여행은 끝이 났다. 아내의 손은 여행이 즐거웠다고, 수고했다고 말한다.

인간의 원초적인 욕망이 부딪히는 섹스는 어떤 때는 지루함으로, 어떤 때는 열정으로, 어떤 때는 사랑으로, 그리고 지금은 위로가 되어 다가온다.

그 속에 담긴 몸은 말을 하지 않아도 그 무엇보다 서로의 감정을 가득 담아 전달하곤 한다.

아내의 몸에서 내려와 곁에 눕자 현주가 품에 기대며 나를 다독였다.

오늘은 아내에게 있어 내가 어린아이나 마찬가지인 셈이다.

자리에서 일어나 샤워를 하려는데 문득 이상한 느낌이 들었다.

아이들 방에서 이상한 소리가 들린 듯했다.

마나를 귀에 넣어본다. 조금 거칠고 탁한 호흡들이다.

"여보, 왜요?"

"잠시만."

나는 다시 귀를 기울여본다.

마나의 덩어리에서 느껴지는 것은 뜨거운 열기와 고통스러워하는 감정이다.

나는 급히 아이의 방으로 뛰어갔다.

현주도 무슨 일인가 하고 가운을 걸치고 뒤따라왔다.

문을 열자 확하고 열기가 느껴질 정도로 방 안의 공기가 뜨겁다.

"유진아."

아이의 몸이 뜨거웠다.

호흡은 거칠고 탁했다.

아이는 정신을 잃고 있었다.

나는 아이를 품에 안고 아래층으로 내려갔다. 현주가 급히 뒤따른다.

"여보, 옷."

"아."

나는 급히 소리를 쳐서 경호원을 불렀다.

한밤중에 불들이 켜지고 경호원들이 차에 시동을 걸었다.

나는 아내가 가져다준 옷을 대충 걸치고 차에 유진이를 안고 탔다.

차가 빠르게 나아갔다.

아이에게 포션을 먹일까, 하는 생각을 안 해본 것은 아니지만 특이병에는 포션이 위험할 수도 있다는 것을 알고 있었다.

그래서 포션은 병의 진행이 확실히 멈춘 상태나 외상에 주로 사용하는 마법물품이었다.

"회장님, 어디로 갈까요."

"영대병원으로."

"네."

차가 미친 듯이 달렸다.

한밤중이었고 다행히 신호에도 걸리지 않아 20분도 안 되어 병원에 도착했다.

차에서 내려 유진이를 안고 뛰자 의사들이 마중을 나와 있었다.

"회장님, 이리로 오십시오."

중년의 의사가 인도하는 대로 유진이를 눕히고 진찰을 받았다.

남자가 고개를 갸웃거리며 급히 엑스레이를 찍게 했다. 아이는 여전히 정신을 잃은 상태였다.

"폐렴으로 보이는데, 엑스레이가 나오는 대로 응급처치를 하겠습니다."

"아, 네. 감사합니다."

온몸의 열로 펄펄 끓는 아이를 보니 마음이 갈기갈기 찢겨 나가는 것 같았다.

아이의 몸에 링거가 꽂히고 여러 수액이 투약되었다. 한 시간 정도 지나자 아이의 열이 내리기 시작했다.

유진이의 열이 내리고 몸이 평상시처럼 돌아오자 안도의 한숨을 내쉬었다.

이제는 괜찮다는 의사의 말을 듣고도 걱정스러운 마음으로 유진이의 옆을 지키며 꼬박 밤을 샜다.

아침이 되어서야 어리둥절한 채로 깨어난 유진이가 힘없이 웃는다.

"아빠……. 나, 아팠어?"

"응."

딸의 머리를 쓰다듬으며 안도의 미소를 지었다.

어제 밤에는 큰일이라도 일어날 것 같았다. 그 정도로 아이는 위급해 보였었다.

담당의사의 설명을 듣고서야 우리가 그동안 아이에게 무심했다는 것을 깨달았다.

유난히 건강한 아이였다.

하루 종일 엘리스와 뛰어놀아 다른 아이들보다 더 건강했다. 그래서 안심했었다.

밖에서 뛰어놀아도 그러려니 했다.

그런데 이틀 연속으로 밖에서 뛰어노는 것이 아무리 건강한 아이라도 무리가 있었던 것이다.

"그런데 말입니다. 이 아이는 너무 건강해서 문제입니다."

"네? 그게 무슨 말씀이시죠?"

"너무 건강하다 보니, 신진대사가 다른 아이들보다 배는 빠릅니다. 이 아이의 경우 아픈 것도 그러합니다. 세균에 의한 감염 속도가 이상하게 빨랐던 것이지요. 이런 경우는 본 적이 없는데 참 이상하군요. 하여튼 주의를 기울이실 필요가 있습니다."

"……."

"아이들은 아무리 건강해 보여도 한계가 있지요. 장시간 밖에서 놀게 되면 이런 일이 다시 발생할 수 있습니다."

"아, 네."

의사가 나가자 방 안에서 유진이의 얼굴을 바라보았다.

아이는 다시 잠들었다. 수면유도제가 링거액에 투입되었다고 한다.

아이들도 정순한 드래곤 하트의 마나에 노출이 되었다.

나는 그것이 좋을 것이라 생각해서 마나 수련을 하고 나서도 드래곤 하트를 아공간에 집어넣지 않고 그대로 놔두었었다. 좋은 것도 정도껏 해야 하는 것인가 보구나.

유진이는 아무것도 하지 않고 한동안 쉬어야 한다는 것이
다.

얼마나 열심히 놀았으면 이런 소리를 듣는단 말인가.

오전에 부모님이 현진이를 데리고 병원에 오셨다.

"고생했다."

"죄송합니다."

"아니다. 우리도 유진이가 유달리 건강하다는 것만 믿고
아이가 원하는 대로 했더니 사달이 생긴 것이다."

"아니에요, 저희가 저녁에 조금 더 주의 깊게 아이들을 살
폈으면 이런 일은 일어나지 않았을 거예요. 저녁때까지 유진
이에게 아무 문제가 없었잖아요."

미안해하시는 어머니를 위로하며 미소를 지었다.

어릴 때에 나는 누나와 달리 잔병치레가 유난히 많았었는
데 그때마다 이렇게 돌보아주셨을 것을 생각하니 부모님께
죄송한 마음이 들었다.

어제 저녁 분명 유진이의 몸에서 약간 이상하다는 낌새를
받았었다.

그래도 무슨 일이 일어나겠어, 하고 방심했던 내 잘못이 컸
다.

아이들이야 어릴 때 자주 아프고 하는데 우리도 부모님도

방심했던 것이다.

아픈 언니를 보며 엄마의 품에서 안 떨어지려는 현진이를 다독이며 하루를 보냈다.

유진이는 병원에서 삼 일 동안 입원해 있었다.

집으로 돌아와서 유진이가 유독 엄마 품을 벗어나지 않으려고 해서 우리는 번갈아 가며 집에 있어야 했다.

아이를 키운다는 것은 정말 쉬운 일이 아니다.

한순간이라도 방심을 하면 아이들은 사고를 치곤한다.

아픈 다음에 나타나는 증후군인 유아퇴행증상이 유진이에게 나타났다.

유진이 어리광을 부려 누가 언니고 동생인지 모를 지경이었다.

그럴수록 더욱 자주 안아주고 예쁘다, 잘한다고 칭찬해 주자 조금씩 예전의 활발한 유진이로 돌아왔다.

* * *

시간이 어떻게 지나갔는지 모른다.

돌아보니 2주가 흘렀다.

이제야 한가하게 주위를 돌아볼 수 있는 여유를 가지게 된 것이다.

봄이 오기 전이라 바람이 차가웠고 날씨도 제법 추웠다.

거리를 보면 사람들은 모두 추위에 잔뜩 움츠린 모습들이다.

하늘에서 조금씩 눈이 내리기 시작했다.

올해는 유난히 눈이 많이 내렸지만, 다행히 길에 쌓일 정도는 아니었다.

정법에 도착하니 이미 여러 사람들이 와서 기다리고 있었다.

일부 대기업이 헌법소원을 내고 난 뒤부터 사람들은 하루도 빠지지 않고 모여 이번 일에 대하여 다각도로 토론하며 사태의 추이를 지켜보고 있었다고 한다.

남도일 변호사의 주재로 회의가 계속 열렸는데 나는 오늘 처음 참석을 하게 된 것이다.

"그래서 어떻게 될 것 같습니까?"

"아마도 기각될 것 같습니다."

"그런데 왜 이런 일을 하는지요?"

내가 묻자 일부 시민 단체의 사람들도 궁금한지 귀를 기울인다.

"저들은 잘하고 있는 것입니다. 제가 저들이라고 하더라도 똑같이 했을 것입니다."

고민철 변호사가 이렇게 말한다.

그는 전직 대법원 판사를 지냈고 이제는 현직에서 물러나 있는 상태였다.

"저들은 사법부에 메시지를 전달하는 것입니다."

"무슨 의미죠?"

"그들 입장에서야 헌법소원이 받아들여져 징벌적 보상 제도가 헌법불일치 판정을 받으면 좋겠지만 그것은 힘들겠지요. 그렇다면 다음 수순은 무엇입니까?"

"아, 그렇군요. 징벌적 보상 제도를 무력화시키려는 발상이군요."

"그렇지요. 없앨 수 없다면 문제가 많은 제도라는 것을 국민에게 보여줘야 하는 것이죠. 있어도 무력화시킨다면 없는 것이나 다를 것이 무엇입니까."

"그렇군요."

"저들은 처음 국회에서 로비를 통해 법률제정을 막았죠. 그 다음 여론이 불리하자 시민 단체에 테러를 벌여 두 명이 죽고 한 명이 중상을 입었었죠. 그게 들키지 않았다면 시민 단체가 추진하는 일들이 많이 약해졌겠죠. 하지만 뉴스에 동영상이 제보되면서 사건의 전말이 드러나게 되었습니다. 그리고 여론의 역풍을 맞게 되고 결국은 국회에서 통과되었죠. 여기에 우리나라의 대표적 기업인 삼영 그룹과 영대자동차의 입장표명이 결정적인 역할을 했습니다. 그러면 이제 남은 것은 통과된 것을 무효로 하거나, 그도 아니면 무력화시키는 것이지요."

"오, 그럴듯합니다. 그렇다면 적들도 정교한 시나리오대로 움직인다는 것이군요."

"그렇죠, 아주 치밀하게 움직이고 있는 것이지요. 게다가 이번에 헌법소원을 낸 기업의 수나 반대하는 시민 단체의 세가 결코 약한 편이 아닙니다. 대기업에 속하는 31개의 기업의 반대는 사법부에 강력한 압력이 되는 것이지요."

"하, 무섭군요. 무서워."

조용히 듣고만 있던 장철수 환경연합소속의 총무가 말을 꺼냈다.

그의 말에 몇몇이 고개를 끄덕였다.

나도 그 무리에 속하여 그의 말에 동의했다. 기득권을 지키려는 자들의 욕심이 무서울 정도였다.

그런데 왜 30개가 넘는 기업이 이런 일에 나섰는지가 의문이다.

아무리 그들의 이익과 관련이 되어 있다고는 하지만 기업의 이미지도 있는데 말이다.

마음속으로야 그런 것을 원한다고 하더라도 그것을 밖으로 표현하기가 쉽지 않은데 말이다.

무엇일까?

그러다가 문득 삼영 그룹의 회장이 한 이야기가 생각났다.

함흥 고씨 가문.

중국인인 그들은 이 땅에 정착하였지만 이 땅의 국민이 아닌 듯 살아갔다.

그런 모습이라면 이런 말도 안 되는 일을 벌일 수 있다는 생각이 들었다.

그리고 생각이 어렴풋하게 나기 시작했다.

IMF 이전에 대학의 초청강좌에서 지금은 역사 속으로 사라진 대기업의 회장이 한 말이 있었다.

자기와 같은 기업인들은 대통령을 무서워하지 않는다고, 5년만 버티면 된다고, 그리고 정권이 바뀌면 모든 상황이 달라진다고. 자신의 말에 십만 명의 직원이 움직이는데 대통령을 부러워할 일이 어디 있냐고 말이다.

기업인들은 권력을 탐하지 않는다.

영역이 다르기 때문이다.

하지만 돈을 위해서라면 무슨 짓이건 할 수 있는 것이 장사꾼의 속성이다.

인간의 탐욕은 목적을 위해서라면 수단을 정당화하곤 한다.

자신들의 이익이 달렸고 외부의 압력을 받았다면 지금과 같은 사태가 전혀 불가능할 것 같지는 않았다.

암묵적으로 담합하며 부당한 이익을 얻어왔는데 이제는 그것을 하지 못하니 당장 큰 폭으로 이익이 줄어들 것이 분명했다.

정법을 나오면서 역시 나는 경험이 부족하다는 것을 느꼈다.

세상이 그렇게 호락호락하지 않다는 것을 이제야 깨닫다니.

하지만 멈추지 않고 앞으로 나아가다 보면 세상이 조금씩 바뀔 것이라는 희망을 놓지는 않았다.

결국 사법부가 문제다.

그들은 여론이 어느 정도 유리해지면 언제든지 새로 만들어진 법을 무력화시킬 사람들이다.

판결을 하는 그들이 증거를 조작해서라도 피해자를 처벌하려고 했었으니 뭔들 못하겠는가.

그러고 보니 고등학교 후배인 창민의 말이 생각난다.

그의 작은 아버지가 유명한 변호사인데 개인 운전수에게 한 달에 월급을 천만 원이나 준다는 것이다.

에이, 그게 어떻게 가능해, 하고 말하자 운전수가 어디 가서 무엇을 받아오고 하는 은밀한 일도 한다고 했다.

하긴 그 당시 형사사건의 최소 변호수임료가 500이었으니 심복인 운전기사에게 그 정도의 돈을 못줄 것도 없을 것이다.

변호사들이나 판사와 검찰이 국민들을 무서워하지 않는 것은 당연한 일일지도 모른다. 그들만의 리그가 따로 있으니 말이다.

다음 날, 나는 임시 이사회 소집을 각 이사들에게 통보했다.

이틀 후에 급하게 소집된 이사회에는 외국에 나가 있는 정대철 이사만 불참하고 모두 모였다.

오랜만에 얼굴을 보는 이사들의 얼굴을 보며 반갑게 인사를 했다.

사외 이사를 제외하고는 작년에 모두 돈을 많이 벌어서 표정들이 좋다.

그들이 가지고 있는 회사의 주식은 이미 수십 배가 올랐고 작년의 배당도 커서 이 중에는 배당수익만으로 수십억을 받아간 사람도 있었다.

차를 내온 직원들이 물러나자 이사들은 무슨 일로 이사회를 소집했냐고 물었다.

그동안 나는 회장이 되고 나서도 이사회에는 도통 얼굴을 비추지 않았었다.

나와 공동회장인 나동태 회장도 궁금한지 내 말을 기다린다.

"사회사업을 좀 했으면 합니다."

"아니, 갑자기 무슨……"

"이제 우리 회사도 벌었으니 사회적 책임을 다 해야죠."

"그렇긴… 하죠. 그런데 그거야 이제까지 김 회장님이 잘해오시지 않았습니까?"

"좀 크게 해볼까 하고서요."

"도대체 얼마나……?"

사람들의 이목이 모두 나에게 집중되었다.

"이제 올해가 지나면 우리 동원산업의 투자금이 조 단위가 될 것입니다. 그러니 뭔가를 해야겠죠."

이사들은 조라는 말을 듣자 침을 꿀꺽 삼켰다.

영업이익이 불과 몇 년 전만 하더라도 400억을 간신히 넘기던 회사였다.

"올해 말 수익금의 1천억을 따로 떼어내서 별도의 비영리 재단에 넘기거나 관리하는 재단을 만들도록 하겠습니다."

"아니, 그렇게 큰돈을……"

이사 하나가 조금 불만스러운 표정으로 반문했다.

"저는 동원산업의 이름으로 3조를 내놓겠습니다."

"그게……?"

"3조라고요?"

"네, 뭐가 잘못되었습니까?"

"아, 아니요, 아닙니다. 억이 아니라 조라니……. 믿을 수가 없군요. 믿을 수가 없어요."

"당분간 제가 투자하는 것은 비밀로 하도록 하겠습니다. 어디다가 말씀하지 마십시오."

"그거야 어렵지 않은 일이지만 회장님 잘 생각을 해보십시오."

"그러게 말입니다, 너무나 큰돈입니다."

"할 만하니 한다는 겁니다."

"뭐 그러신다면야……. 저희야 당연히 찬성이지요."

처음엔 다들 반대를 할 것처럼 굴던 이사들도 내가 3조를 내놓는다고 하니 기가 죽어 반대를 하지 못했다.

할 거면 통 크게 하는 것이 좋다.

찔끔찔끔하면 내는 사람이 오히려 이상하게 보일 수도 있다.

얼마 후에 동원산업은 기업공시를 했다.

동원산업이 1천억 규모의 사회 환원을 할 것이라는 말이 나오자 갑자기 주가가 내려가기 시작했다.

동원산업이 배가 불렀다느니, 황태자의 몰락이 조만간 멀지 않았다는 등의 악의적인 루머가 돌면서 주식은 더 떨어지기 시작했다.

이렇게 긴 기간 동안 주가가 하락하는 것은 근래 처음 있는 일이었다.

10일간 주식은 하락했고 덕분에 나는 싼값에 주식을 주워 담을 수 있었다.

나는 그동안 일정한 가격 아래에서 회사의 주식을 계속 매입하고 있었다.

이번에 주가가 내려간 덕분에 지분을 3% 이상 추가 취득하여 44.2%의 지분을 소유하게 되었다.

작년부터 시가총액이 커져 중형주가 아니라 대형주로 구별되고 있는 동원산업이었다.

내가 계속 주식을 매입하는 것이 주식시장에 알려졌는지 하락세는 진정국면에 접어들었다.

나는 51%까지 지속적으로 매입할 것이라는 말을 이미 공개적으로 해왔었기에 이런 나의 매입은 주주들 사이에서 당연하게 받아들여졌다.

하락세가 주춤하는 사이에도 나는 꾸준히 주식을 매입했다.

약간은 공격적인 주식매입을 하게 되자 공시 이전의 가격대까지 거의 회복하였다.

모니터 화면을 보니 매물이 5만 주보다 조금 더 쌓여 있었다.

이번에 저것을 한 번에 매입하고 당분간 주식매입에 신경을 끊어야겠다고 생각하며 매수주문을 냈다.

주식이 모두 넘어오자 일반 투자자들은 무슨 일이 있는가 하고 의아해하면서 매도주문을 내지 않았다.

다음 날에는 특별한 이유도 없이 동원산업의 주식이 상한가를 쳤다.

나는 주변의 사람들을 만나 어떻게 하면 좋을까 의논을 했다.

새로이 재단을 만들면 말들이 많고, 그렇다고 남에게 위탁을 하기에도 너무 큰돈이었다.

이렇게 고민을 하는 사이에 내가 3조에 이르는 돈을 사회에 환원할 것이라는 소문이 조금씩 새어 나가기 시작했다.

언론들이 취재를 하려고 동원산업 앞에 매일 죽치고 있었다.

나는 하는 수 없이 동원산업의 대변인으로 하여금 약 3조에 이르는 돈을 사회에 환원할 것이라고 발표하게 했다.

이 모든 것이 동원산업의 이름으로 이루어질 것이고 재단의 설립 여부는 아직 결정하지 않았다고 첨부했다.

이 일로 온 사회가 뜨겁게 달아올랐다.

지금까지 5천억이나 8천억에 이르는 큰돈을 사회에 환원한 이들이 있었지만 자의로 한 것이 아니었다.

감옥과 같은 곳에서 여론 무마용으로 대기업 회장들이 한 것이었다.

동원산업이 집중 조명되면서 기업의 가치가 올라가기 시작했다.

덩달아 주가도 가파르게 올라갔다.

46.8%의 주식을 매입하고서 나는 더 이상 주식을 매입하지 않았다.

3조원에 이르는 사회 환원이 곧 있을 것이라는 말이 언론을 통해 나오면서 징벌적 보상 제도에 대한 헌법소원은 사람들의 빈축을 사기 시작했다.

무엇보다도 여론이 등을 돌린 것이다.

어떤 사람은 3조나 되는 돈을 사회에 기부한다는데 대기업이 너무한다는 말이 나오기도 했다.

그동안 기업의 눈치를 보느라 취재를 하지 않던 기자들도 앞을 다퉈가며 보도를 시작했다.

그때 사회적 정의는 반드시 이루어져야 하며, 기업은 공정한 경쟁을 통해 발전해야 하기에 동원산업은 그런 의미에서 징벌적 보상 제도를 적극 찬성한다는 성명을 내놓았다.

이번 동원산업의 성명은 31개의 기업을 민망하게 만들기에 충분했다.

그리고 나는 그 31개의 기업 중에서 괜찮은 회사의 주식을 매입하라고 직원에게 지시를 해놓은 상태였다.

자본주의 사회에서 돈이면 못하는 게 없다. 정 못하겠다고 버티면 먹어치우면 되는 것이다.

연예프로그램에서도, 시사 프로에서도 기업의 사회적 책임에 대해 떠들기 시작했다.

나는 연예가에서 가장 인터뷰하고 싶어 하는 인물 중 한 명이 되었다.

120분 토론이나 심야토론, 끝장토론에서 연일 이러한 문제를 비중 있게 다루면서 헌법소원을 낸 일부 기업의 반사회성이 부각되기도 했다.

"여보, 정말 그 큰돈을 사회에 기부하실 거예요?"

"세금 대신 내는 거니 아까워도 내야지. 돈이 많아봐야 탐욕만 더 커질 뿐이야. 이제부터 조금씩 버리는 연습을 해야지. 그런 면에 있어서 법정스님의 『무소유』를 읽어볼 만하지."

"와, 당신 너무 멋있어요. 그래도 아깝긴 하다. 그런데요, 스님은 원래 무소유하는 거 아녜요?"

"어? 그렇긴 하네."

"우리는 무소유면……. 딸들을 어떻게 키워요. 의도야 좋지만 현실은 다르잖아요. 그리고 우리는 천 명을 후원해야 하는데요."

"당신 말이 맞아."

정원을 걸으며 현주가 존경이 가득한 눈으로 바라본다.

그 눈빛을 받으니 왠지 어깨가 으쓱해지는 것은 어쩔 도리
가 없다.

사실 나는 그 돈을 이번 연말에 말없이 내놓을 생각이었다.

하지만 일부 기업들이 모여 어처구니없는 헌법소원을 청
구하면서 나는 그들의 예봉을 꺾어놓기 위해 의도적으로 그
기간을 앞당긴 것이었다.

일종의 언론 플레이였다.

원래 선행에 비교되는 탐욕은 더 추하게 보이게 마련이다.

자신들의 이익을 위해 아직은 징벌적 보상 제도가 시기상
조라고 말하는 사람과 엄청난 돈을 사회에 말없이 내놓는 사
람이 대조를 이루면 국민들의 마음이 어디로 움직이겠는가.

봄은 왔지만 아직은 쌀쌀한 날씨가 자주 반복되었다.

그럼에도 불구하고 정원의 나무들에는 푸른 이파리가 조금씩 생기기 시작했다.

"여보, 우리 아이들에게는 얼마의 재산을 물려주실 거예요?"

"아이들이 필요한 만큼 주면 되지 않을까 싶은데. 난 아이들이 돈 때문에 자신이 원하는 삶을 못 사는 것을 원치 않아. 지금도 당장 경호원 없이는 움직이기도 힘든 상황이 되어버렸잖아."

"하긴 그래요. 그래도 어떤 분처럼 모두 사회에 기부는 하지 마세요."

"물론이지. 아이들이 감당할 수만 있다면 모두 주고 싶지. 한국은 부자에게 별로 우호적이지 않아. 부러워는 해도 경멸하니 이중적이지."

"그렇긴 해요. 그런데 효주가 이번 드라마에서 대단한 인기를 끌고 있어요."

"그래?"

"당신은 TV를 안 보니 잘 모르겠지만 이번에 드라마가 뜨면서 가장 큰 수혜를 본 사람은 아마 효주일 거예요. 여신의 등장이라나 뭐라나."

"그래? 다행이네."

약간은 부러워하는 모습의 현주를 보며 저절로 웃음이 나왔다.

아내는 효주의 미모를 부러워하며 질투하는 듯 보였다.

효주가 현주보다 예쁘다고 하기는 그렇지만 그렇다고 뒤떨어진다고 하기도 곤란할 정도로 예뻤다.

"그래도 난 당신이 훨씬 아름다워."

"거짓말."

"정말인데."

거짓말이라고 하면서도 입꼬리가 올라가는 현주와 함께

정원을 걸었다.

저 한쪽에서 엘리스가 유진이와 놀고 있었는데 현진이가 엘리스를 붙잡고 올라타자 엘리스는 불쌍한 표정으로 느리게 움직였다.

"야아, 그러면 엘리스가 힘들어 하니까 나와. 언니 말 안 들을래."

유진이의 말에도 현진이는 요지부동이다.

현진이는 벌써부터 언니를 이겨 먹으려 하고 있었다.

아마도 자기와는 놀아주지 않고 엘리스와 노는 것에 심통이 난 듯 현진이의 눈은 고집으로 가득 차있다.

유진이가 현진이를 아끼지 않는 것은 아닌데 하도 엘리스와 뛰어다니며 노는 것을 좋아하다 보니 현진이 혼자 덩그러니 놓여 있는 경우가 많았다. 언니하고 놀고 싶어 하는 현진이다.

나는 그 모습을 보며 잠시 생각에 잠겼다.

피를 나눈 자매간에도 의견이 다르고 다툼이 생기는데 우리가 살아가는 이 거대한 사회에 다툼이 없을 리 없다.

그러나 그 다툼을 조정하는 기능이 약화된 사회에선 공정한 경쟁이 불가능하다.

그런 사회에 사는 사람들은 건강하지도, 행복하지도 못하다.

너무나 지루한 싸움에 나도 조금씩 지쳐가지만 법과 제도라는 큰 틀이 변하지 않으면 우리 사회는 정의로워질 수 없다는 것을 너무나 잘 알기에, 묵묵히 참을 수밖에 없다.

함흥 고씨 일가.

이 땅에 와서 부를 축적하고는 우리 민족이 살아가는 터전을 비튼 사람들, 한국인으로 귀화하였지만 마음속은 언제나 중화사상으로 뭉쳐 있는 사람들이다.

이 사람들과도 함께 걸어갈 수 있을까?

그리고 행복할 수 있을까?

앞으로는 전혀 나서지 않고 뒤에서 조종하는 이들과 나는 조화를 이룰 수 있을까?

왜 화교들이 그들 본토와 집을 떠나 세계 각지로 흩어진 것일까 하는 생각이 문득 들었다.

그들은 도대체 무엇을 원하는 것일까.

화교는 중국의 4%에 불과하지만 중국경제의 25%를 차지하고 있다.

어떻게 보면 중국의 발전의 모터는 화교가 거머쥐고 있다고 봐야 한다.

겉으로는 먼 듯 보이지만 화교는 중국 발전의 핵심이라는 말을 무시할 수도 없다.

대륙이 공산화되면서 대륙 본토와 화교는 더 멀어진 듯 보이지만 뿌리를 잊는 나무는 없는 법이다.

세계에 흩어진 화교가 그래서 무서운 것이다.

같은 국민인 줄 알고 뛰어놀았는데 어느 날 보면 그렇지 않은 사람들이 이들이다.

그래서 화교치고 지역사회를 위해 헌신하는 이들이 별로 없다.

그들의 고향은 다른 곳에 있으니 인색해지는 것이 당연한 일이다.

3조라는 돈은 엄청난 돈이다.

하지만 이것을 무작위로 사람들에게 나누어주면 별것 아니게 된다.

쉽게 말해 아무에게나 퍼주면 한 달 만에도 없어질 수 있는 돈이다.

하지만 잘 관리만 한다면 십 년, 이십 년을 좋은 일에 쓸 수 있다.

그래서 돈을 어떻게 관리하느냐가 중요하다.

어려운 개인을 도울 생각은 없었다.

가난한 사람을 돕는 일은 원래 국가가 해야 하는 일이다.

그 일을 종교단체와 개인이 그동안 해왔었는데 이제는 사회 자체가 진보하여 기존의 복지 단체들은 사회의 보편적 기준에 미달하게 되었다.

그러니 이제는 국가가 나서서 해야 한다. 그러라고 세금을 열심히 내는 것 아닌가.

먼저 돈을 어떻게 사용하면 좋을까를 생각해야 한다.

사회 환원이니 가능한 많은 사회 구성원이 행복해질 수 있는 곳에 써야 한다.

그렇다면 뭐가 있을까?

생각을 해도 잘 떠오르지 않는다.

그동안 우리가 사는 사회에 얼마나 무관심했는가를 알게 되었다.

"아, 머리만 아프군. 그냥 기존의 괜찮은 재단에 넘겨주면 되겠는데 믿을 만한 곳이 없으니 문제다."

착한 일도 마음대로 못하는 현실을 생각하자 기분이 나빠졌다.

아마도 재단에 기부를 하면 거의 대부분 흥청망청 써버릴 것이다.

눈먼 돈이다, 하고 자신들의 주머니를 채우기 바쁠 것이다.

△△연대다, 또는 무슨 시민 단체다 하여 기부를 해도 그들이 그 돈을 투명하게 사용하지 않을 것이라는 점이 문제다.

그렇다고 재단을 만들면 사람들은 또 재산 은닉이다 뭐다 말들이 많다.

젠장, 어쩌란 말이냐.

돈을 내고 싶어도 낼 수 없는 게 현실이다.

법인 카드로 개인 술값 계산까지 하는 것이 시민 단체의 간부들이 하는 짓거리다.

그리고 그들 중에 몇몇은 성추행이나 공금횡령에 대한 이야기가 심심치 않게 나오고 있다.

일단 우리나라의 시민 단체는 너무 많다.

전국적으로 2만여 개가 넘는다.

그러나 소신을 가지고 자기를 희생하면서 하는 사람은 상대적으로 적다.

또한 시민 단체가 조금만 유명해지면 권력과 밀착하는 패턴을 보인다는 것도 그들을 믿지 못하게 하는 부분이었다.

차라리 빌 게이츠가 운영하는 '빌&멜린다 게이츠 재단' 에 기부를 하고 싶은 심정이다.

그런데 이 재단은 미국 내의 교육 기회 확대나 정보 통신의 접근성 확대와 같이 미국인이 아니면 도움을 받기 어려운 부분이 있다.

몇 날 며칠을 고민하다가 몇 가지 원칙을 세웠다.

첫째, 개인에 대한 구제는 하지 않는다.

둘째, 사회 선도적인 일에 돈을 사용한다.

셋째, 사회 발전을 위한 장학 사업을 한다.

넷째, 난치병을 가진 어린이나 불치병 환자를 돕는다.

사회 선도적인 일에는 여러 가지가 들어갈 수 있다.

예를 들면 대학교수의 특허 등록을 돕는 행위와 같은 것이다.

대학교수들은 연구에 치중하여 지적재산권 보호에는 대체적으로 무관심한 경우가 많다.

그럴 수밖에 없는 것이, 국내 특허에는 200만 원 정도가 들지만 미국, 일본, 유럽에 특허를 등록하는 비용은 건당 5,000만 원이나 든다.

그러니 사장되는 특허가 많았다.

미국의 특허괴물 인텔렉추얼벤처스(IV)는 서울대가 개발한 기술 중에서 국제 특허 출원을 하지 않은 114건을 건당 1만 달러에 사갔다.

할 말이 없다.

서울대에서 개발되는 기술의 95%가 사장된다고 하니 국내 대학 전체로 확대를 하면 얼마나 많겠는가.

그러나 현실적으로 한미FTA가 통과되면 지적재산권에 대해 강화가 될 것은 불을 보듯 뻔하다.

퀄컴사가 설계한 CDMA는 우리나라의 기업들이 개발하지 않았으면 사장되어 버릴 기술이었다.

그런데 우리나라에서만 핸드폰을 만들면서 11년 동안 퀄컴사에 지불한 로열티가 3조나 된다.

전 세계적으로 보면 CDMA설계도 하나로 수십조를 벌어들인 것이다.

이는 지적재산권이 얼마나 중요한지를 나타내주는 것이다.

가난한 사람을 돕는 일은 하다 보면 한도 끝도 없다.

살다 보면 어쩔 수 없이 가난하게 된 사람도 있지만 게을러서 가난하게 되는 경우가 더 많다.

그것을 돕는다는 것은 국가도 할 수 없는 일이다. 그러니 가난한 사람을 돕는 일은 환자에 국한해야 한다.

그리고 가장 중요한 것은 비정치적인 노선을 지향한다는 것이다.

그래야 처음의 선한 의도가 시간이 흘러도 변질되지 않고 오래갈 수 있다.

정치적으로 엮이면 사람 우습게 되는 것은 시간문제다.

이런저런 생각을 하다 보니 결국 재단을 설립해야 한다는 결론에 이르게 된다.

"하, 어떻게 한다."

나도 모르게 나지막하게 중얼거렸더니 등 뒤에서 현주가 '뭐가요?' 하고 반문한다.

"아, 기부를 어떻게 할까 고민하고 있었어."

"어떻게 하실 건데요."

호기심이 가득한 눈으로 바라보는 폼이 어째 이상하다.

"아무래도 재단을 만들어야 하지 않을까 싶어."

"그래요?"

얼굴이 환해지는 것이 이상하다 싶었는데 그녀의 입에서 나오는 것이 결국 내 예상을 벗어나지 못했다.

"그거 제가 하면 안 될까요?"

"당신이 하면 나야 좋은데 사람들이 욕하지 않을까?"

"그래도요. 다른 사람들을 위해 일해 보고 싶어요."

그래 빌게이츠도 했는데 나라고 못할까 보냐, 하는 생각이 들어 현주에게 생각해 보자고 했다.

아내와 이야기를 하고 나서 생각해 보니 그다지 나쁜 생각은 아닌 것 같았다.

현주는 원래 사심을 가지는 성격이 아니어서 그녀가 한다고 해도 큰 문제가 되지 않을 것 같았다. 문제는 시스템이지 사람이 아닌 것이다.

요즘 들어서 현주는 영화나 CF 광고 출연이 힘들어지자 다른 곳으로 눈을 돌리려는 것 같았다.

하기는 아직 30살도 안된 그녀가 아이들 키우는 것만으로 자신의 인생을 만족할 리가 없다.

나는 회사의 돈도 일부 들어가기에 이사들의 의견을 모았더니 그냥 내 생각대로 하라고 했다.

일단 자기들은 관심도 없었는데 의견을 내봐야 도움이 될 것 같지도 않다는 것이었다.

게다가 내 개인의 돈이 더 많이 들어가니 자기들은 어떻게 해도 별 신경을 쓰지 않겠다고 했다.

그래서 동원산업 내에 프로젝트 팀을 만들어 비영리 재단을 만드는 준비 작업을 하기로 했다.

어차피 만들어지는 재단은 동원산업에서 운영할 것이기에 이는 당연한 일이었다.

"차재혁 팀장, 일은 잘되어 가나요?"

"네, 일단 팀원들이 일을 나눠서 하고 있으니 조만간 결과가 나올 것입니다."

차재혁 팀장은 이번 프로젝트 팀을 총괄하는 일을 맡은 기획실 부장이다.

성실하고 정직하기는 한데 고지식한 것이 흠이라서 기획실에서는 계륵 같은 존재였다.

그러다가 이번 일을 맡게 되었는데 이런 일에는 적합한 인물이었다.

"정관 작업을 마치는 대로 보고를 드리겠습니다. 별도의 법인이 되려면 재단 이사장과 실행 이사들을 선출해야 하는

데 생각해 두신 바가 있습니까?"

"아내가 일을 좀 하고 싶어 하니 무시할 수가 없군요. 제가 아내한테는 지거든요."

"아, 사모님이시라면 이미지도 깨끗하시고 하시니 별 무리는 없을 것입니다."

"그리고 나도 발언을 좀 했으면 해서 들어가야겠고. 나동태 회장님은 넣어야겠고. 사회 저명인사 중에서 이런 분야에 관심이 많으면서 사생활이 깨끗한 분을 한 분 모셨으면 해요."

"아, 네. 그렇게 알고 추진하겠습니다."

"네, 나가보세요."

나는 재단법인이 만들어진 초기에만 이사의 일을 하고 제대로 돌아가면 나올 생각이다.

어차피 내가 잘 아는 분야도 아니고 말이다.

시스템이 잘 구축되어 법인이 투명하게 굴러가면 굳이 내가 있을 이유가 없는 것이다.

프로젝트 팀이 만들어지자 직원들은 내가 그동안 머리를 싸매고 생각했던 것을 아주 가볍게 처리해 버렸다.

기획실에서 차출된 사람이 많다고 하더니 일을 무척이나 잘하고 있었다.

이래서 사람은 무슨 일이든 머리를 모아야 한다는 말이 나온 모양이었다.

나는 시간이 날 때마다 각계의 사람들을 만나 그들의 의견을 들으며 바람직한 재단법인에 대한 청사진을 보강하기 시작했다.

이번 일을 통해 우리 사회의 유능한 인물들을 만나기 시작한 것은 고무적이었다.

그동안 나는 혼자였었다.

시민 단체의 사람들을 많이 만나기는 했다.

하지만 그들은 가진 생각은 건강할지라도 사회적 영향력이 많지 않았다.

그런데 이번에 재단법인을 만들면서 유능하면서도 성품이 좋은 사람들을 많이 만날 수 있게 되었다.

새로이 재단법인을 만들려고 이런저런 일을 하다 보니 굉장히 바쁘게 지내게 되었다.

이렇게 바쁘게 보낸 적이 별로 없었다는 것을 생각하니 오히려 기분이 좋았다.

점심을 먹고 나서 오랜만에 친구를 만나러 가는데 느낌이 이상했다.

분명히 뭔가 있는 것 같은데 도대체 그것이 뭔지 모르겠다.

누군가 미행하는 것 같아 바라보면 다른 길로 사라지곤 했다.

과천터널을 통과하는데 갑자기 트럭이 눈앞에 나타났다.

경호원들의 차는 어느 사이에 사라져 있었다.

이게 뭐지 싶었는데 앞의 덤프트럭이 갑자기 속도를 늦추더니 급브레이크를 밟았다.

"회장님, 조심하십시오!"

보조석에 앉은 김영민 경호원이 소리쳤다.

나는 반사적으로 쉴드 마법을 펼쳤다.

마나가 만든 투명한 쉴드가 번개처럼 퍼져 나갔다.

끼이익—

트타타타당!

끔찍한 소리가 터널에 울려 퍼졌다.

자동차가 기우뚱하며 옆으로 기울다 벽에 부딪혔다.

쫘앙!

충격이 차의 뒷좌석에까지 왔다.

나는 기울어지는 차에서 덤프트럭의 번호판을 얼핏 보게 되었다.

차는 벽에 한 번 부딪혔다가 튕기듯 뒤로 밀려 나왔다.

다행히 뒤따라오던 차가 재빨리 브레이크를 밟은 듯 요란한 소리를 내며 밀려왔다.

다시 퉁, 하는 소리와 함께 차가 앞으로 가볍게 밀렸다.

충격이 강하지 않은 것이 그나마 다행이었다.

나는 덤프트럭의 운전자가 힐끗 쳐다보고 가는 것을 느꼈다.

한참을 앉아 있으려니 앞서 가던 경호원들이 야광봉을 들어 차를 한쪽 방향으로 유도하며 뛰어왔다.

"괜찮으십니까?"

뒤따라오던 경호 차량에서 경호원이 뛰어내렸다.

나는 이상이 없었지만 아무 말도 하지 않고 가만히 있었다.

한참 후에 구급차가 도착하였다.

구급차에 옮겨지면서 같은 차에 있던 경호원이 걱정이 되어 물었다.

"어떻게 되었어?"

"잘 모르겠습니다. 크게 다치신 것 같지는 않습니다."

"휴, 다행이네요."

보호자석에 탄 장칠호 경호원이 대답했다.

나는 그에게 일단 가까운 병원으로 가라고 했다.

병원에 도착하여 간단한 조사를 받고 다시 영대병원으로 옮겼다.

운전을 했던 나상일 경호원이 늑골이 부러진 것을 제외하고는 다친 사람은 없었다.

나는 크게 다친 것처럼 위장하기로 했다.

의도적으로 노린 것 같은 느낌이 들었기 때문이다.

그리고 가족에게는 미리 연락을 해서 괜찮다는 것을 알렸
다.

안정훈 씨에게 전화를 해서 내가 본 덤프트럭의 차번호를
알려주었다.

한 시간 후에 그가 도난당한 번호판이라고 알려왔다.

"이제 명백하군."

번호판만 도난당했다고 하는 것을 보니 명백하였다.

회사에서 나와 느낀 그 불온함이 너무도 정확하게 맞아떨
어진 것이다.

"가만히 있고 싶은데 자꾸만 건드리는군."

무엇보다도 트럭 운전사가 사고를 확인했다는 것이 중요
했다.

사이드 미러로 봐도 될 것을 보다 확실하게 확인하기 위해
차 밖으로 머리를 내밀어 육안으로 확인했다는 것이 결정적
인 증거였다.

한 시간 후에 현주와 어머니가 병실에 왔다.

"여보!"

"어서 와."

"괜, 괜찮아요?"

"물론이지."

나는 걱정하는 아내와 어머니를 안심시키고는 한동안 여

기서 쉴 것이라고 말을 해주었다.

"왜요?"

"그냥, 쉬고 싶어서. 엎어진 김에 쉬어간다는 말이 있잖아."

"정말요?"

"응."

어머니는 아무 말씀도 없이 단지 걱정스러운 눈으로 바라만 보실 뿐이었다.

그 모습을 보며 인생이 참 힘들다는 것을 느꼈다.

누구보다 걱정이 되셨을 터이지만 며느리와 함께 있는 아들을 보며 아무 말씀도 없으신 것을 보니 마음이 아팠다.

두 시간 동안 어머니와 아내와 함께 시간을 보냈다. 어머니는 늘 조용하셨다.

그 조용함 속에 어머니는 사랑을 심으시고 자식에 대한 걱정으로 인생을 사셨다. 그래서 내가 여기에 있을 수 있는 것이겠지.

인생은 의도하는 대로 흘러가지 않는다.

나는 여기에 있는데 저리로 가라며 끝없는 신호를 준다.

자기들 마음에 들지 않는다는 이유만으로 말이다.

아, 어떻게 해야 하나.

도전이 왔으니 응전을 해야겠지.

어머니와 아내와 이야기를 하면서도 마음 한가운데가 서늘하였다.

내 인생이 도대체 어디로 흘러가는지 염려되었기 때문이다.

10장 목
행
수
함

부자가 되고 나니 내가 원했던 소박한 인생을 살지 못하게
되었다.

나는 그냥 나대로 재미있게 살기를 원했다.

다만 우리 사회가 지금보다 조금 더 건강해졌으면 좋겠다
고 생각해 왔을 뿐이다.

거기에 어떤 소신이나 철학이 뚜렷하게 있었던 것은 아니
었다.

다만 돈을 많이 벌게 되면 이병천을 꼭 혼내주고 싶었을 뿐
이었다.

그런데 나는 이제 변화의 중심에 서게 된 것 같았다. 이래서는 안 되었다.

가능한 모든 것을 다른 사람에게 위임하고 싶어졌다.

내가 지키고자 했던 것은 사회정의가 아니라 소박한 행복이었다.

그러나 싸움을 걸어온다. 피하면 적은 더 강하게 나올 것이다.

'일단 확실하게 조사를 해야겠지. 그리고 범인이 드러나면 복수를 해야겠지. 할 수 있는 한 잔인하게 말이다. 나를 죽이려고 한 자에게 용서란 있을 수 없지.'

살의가 생기자 내 속에 잠자고 있던 드래곤의 저주가 꿈틀거린다.

광포한 기운이 심장을 돌아 온몸으로 퍼진다.

주체할 수 없는 분노에 이성이 마비되려는 찰나에 병실 문이 열리며 '아빠!' 하는 유진이와 현진이의 목소리가 들렸다.

그 순간 몸속에서 강렬하게 돌던 마나가 차갑게 식으며 이성이 돌아왔다.

나는 고개를 숙이며 마음을 진정시켰다.

그런 내 모습이 아이들에게는 걱정스럽게 보였나 보다.

"아빠, 많이 아파?"

"아냐."

"앙~"

내 목소리가 무서웠나 보다.

현진이가 울고 유진이도 따라서 운다.

나는 딸들이 갑자기 울자 당황해 어떻게 해야 할지 몰랐다.

그때 현주가 아이들을 다독인다.

"괜찮아, 아빠가 잠시 목에 바람이 들어가서 그런 거야."

"바람이?"

"갑자기 바람이 입에 들어가면 목소리가 변할 때가 있어."

"정말?"

"그럼, 우리 유진이 현진이는 엄마 말 믿지?"

"웅, 엄마는 거짓말 안 해."

"나도 엄마 믿어."

유진이가 먼저 말을 하자 현진이도 질세라 따라 대답한다.

귀여운 아이들의 모습에 마음속에 있던 분노나 한탄들이 모두 사라졌다.

나는 말없이 아이들을 안아주었다.

작고 따뜻한 아이들의 심장이 내 마음에 울리고 있었다.

"아빠, 숨 막혀."

버둥거리는 아이들을 껴안고 나는 미소를 지었다.

그래, 이거면 된 거다. 더 이상 무엇이 필요한가.

아이들은 이제 모두 유치원을 다닌다.

제법 규모가 있는 유치원을 인수하여 리모델링했고, 예쁜 옷을 입은 경호원들이 유치원을 보호하고 있었다.

최첨단 장비가 설비된 유치원은 안전에 가장 주안점을 두었다.

반경 10킬로미터까지 CCTV가 설치되어 있어 수상한 차량은 미리 체크된다.

"유치원은 재미있어?"

"아니, 재미없어. 유치원엔 엘리스도 없잖아."

"난 재미있어."

유진이와 달리 현진이가 싱글벙글 웃는다.

현진이는 샘이 많아 유진이가 엘리스와 놀면 질투했었다.

희한한 것은 유진이가 엘리스의 주인이 된 것은 부러워하지만 강아지를 사달라고는 하지 않는다는 것이다.

강아지를 안 좋아하는 것인지 아니면 다른 강아지가 엘리스만큼 사랑스럽지 않을 것이라고 생각하는지는 몰라도 현진이에게 강아지를 사줄까 물어보면 싫다고 했다.

어릴 때에 동생은 언니를 부러워해 옷도 신발도 장난감도 똑같은 것을 사줘야 한다는데 현진이는 언니와 같은 것을 사주면 질색을 한다.

오히려 은근히 유진이가 현진이와 같은 모양의 옷을 입고 싶어 하지만 어림도 없는 소리다.

아직 어린데 현진이는 너무 개성이 뚜렷해서 걱정이 될 정도다.

오랜만에 병원 침대에서 가족 모두 잠이 들었다.

다음 날, 아이들은 유치원에 가지 않게 된 것을 알고는 방방 뛰면서 좋아했다.

그 모습을 보고 저 애들이 초등학교는 어떻게 다닐까 걱정이 되었다.

아이들은 이곳이 병원인지도 잊은 채 둘이 노느라 정신이 없다.

엘리스가 없어 자신과 놀아주는 언니가 마음에 드는지 현진이의 기분이 오늘따라 유난히 좋아 보였다.

하루 종일 아이들이 노는 것을 지켜보니 마음은 행복해지는데 왜 이리 몸이 피곤해지는지 모르겠다.

아이들의 그 왕성한 호기심에 일일이 답해 주고 변덕스러움에 지치다 보니 어느새 점심때가 되고 저녁때가 되었다.

아이들이 오늘은 일찍 잠에 빠졌다.

침대에서 상당히 떨어져 있는 소파에 앉아 TV를 켰다.

아홉 시 뉴스에도 마지막 뉴스에도 내 이야기로 가득하다.

내 차의 블랙박스에 찍힌 영상이 생생하게 나오고 있었다.

갑자기 나타난 트럭들과, 교묘하게 경호차를 내게서 떼어내는 모습.

미처 내가 보지 못했던 장면들까지 잡아내었다.

덤프트럭이 고의적으로 급브레이크를 잡는 모습, 한동안 내 차가 이리 튕기고 저리 튕기는 것을 바라보다가 사라지는 모습을 보니 의도적인 것이 확실했다.

온갖 추측이 나돌았지만 확실한 것은 없었다.

박한성 기자에게 전화를 걸어 넌지시 인터넷 신문들에게 징벌적 보상 제도를 반대하는 세력이 일을 벌인 것이라는 논조로 글을 쓰도록 유도하라고 했다. 그들의 반응을 보고 싶었다.

인터넷 찌라시 신문이라 하더라도 일단 기사화되면 같은 급의 인터넷 신문들이 퍼다 나른다.

그러다 보면 메이저 신문들도 참여하게 된다.

요즘은 기삿거리가 없어 연예인들이 SNS에서 사적으로 한 이야기를 메이저 신문에서도 인용 보도를 할 정도다. 보지 않아도 바로 낚일 것이 분명했다.

대부분 이런 논조였다.

과연 누가 한국 최고의 부자를 노렸을까.

추리를 하다 보면 어느덧 진실에 가깝게 접근하게 되는 것이 인터넷 탐정들의 능력이었다.

일단 인터넷 신문의 논조가 징벌적 보상 제도로 잡히자 급기야 시민 단체의 간사를 테러한 사건과 연결되기 시작했다.

그러면서 조금씩 목격자들의 이야기들이 인터넷을 통해 흘러나오기 시작했다.

터널을 지날 때 덤프트럭 수십 대가 근처에서 대기하고 있었다는 둥 자기도 그 당시 사고가 날 뻔했다는 둥의 말들이 나왔다.

그중에서 일부는 유언비어고, 어떤 것은 날조였고, 어떤 것은 진실이었다.

나는 칼의 방향만 조금 돌려놓았을 뿐이다. 굳이 내가 찌를 필요는 없었다.

나를 노리는 사람들이 모르는 사실 하나가 있는데, 나는 평범한 사람이 아니라 마법사이며 전능의 프레벨의 주인이라는 것이다.

나의 진정한 정체를 알아차리지 못하면 결코 내 상대가 될 수 없다.

게다가 나는 그들이 생각하는 것만큼 멍청하지도 않다.

'무엇을 해도 원하는 것을 얻지 못할 것이다.'

나는 어제 안정훈 씨에게 이것에 대해서 알아보라고 했다.

지금은 무제한으로 들어도 된다고 확언했다.

그는 무수히 많은 정보 상인으로부터 이 일과 관련된 사실을 알아내 올 것이다.

정황상 수십 명이 동원되었으니 완전범죄란 있을 수 없는 법이다.

나를 회사에서부터 미행한 사람들만 십여 명이 넘었다.

덤프트럭 운전수 역시 그 정도 된다고 했으니 시간이 걸리더라도 정보를 얻을 수 있을 것이라는 생각이 들었다.

백범연구소의 장백천 연구원이 문병을 와서 혹시나 하고 그에게 물어봤다.

"혹시 함흥 고씨 일가를 아십니까?"

"아, 회장님이 그들을 어떻게 아십니까? 그들 때문에 골치가 아픕니다."

"무엇 때문이죠?"

"언뜻 보면 아무 문제가 없는 가문이죠, 하지만 들려오는 소문은 시궁창이니 저희도 판단하기가 힘듭니다."

"이를테면요?"

"그들이 화교라는 것은 확실합니다. 고씨가 이 땅에 온 지는 100년이 조금 넘지요. 사실 중국에서 넘어온 사람들이 우리나라에 하나둘이 아니니 문제는 안 되죠. 그러나 고씨들은 아편전쟁 때 본토에서 쫓겨나 대만으로 갔습니다. 들리는 말로는 좋지 못한 일로 그렇게 되었다니 아마도 아편을 취급하지 않았을까 생각을 해볼 수 있지요. 어쨌든 엄청난 부를 고스란히 가지고 대만으로 간 고씨 일가는 그 후 형제들 간에 분란이 일어났지요. 그리고 그중 하나가 한국으로 와서 정착을 한 것이 함흥 고씨 일가의 기원이지요. 그들은 처음부터 가지고 온 엄청난 재력을 바탕으로 이 땅의 돈이 되는 것이라면 다 주워 먹었죠. 하지만 워낙 은밀하게 행동했기에 심증만 있고 증거는 없습니다."

"그들에 대해서 아는 것이 있으면 사소한 것이라도 좋습니다. 알려주십시오."

"아니, 왜…… 혹시 그들의 짓이라고 보십니까?"

"저도 심증만 있지요."

"아, 그렇다면 제가 지금 연구소로 가서 자세한 것을 알아오겠습니다."

"조심하십시오. 아마도 놈들이 저를 감시하고 있을 터인데요."

"그래도 지금 온 나라가 난리가 났는데 여기서 더 사고를 치겠어요? 안 그래도 경찰과 검찰이 눈에 불을 켜고 살피고 있을 터인데요."

"그러면 다행이지요."

말은 그렇게 하였지만 그들이 사회 각계각층에 심어놓은 세력이 만만치 않은 것을 아는 나로서는 동의할 수 없었다.

그래도 아무리 힘이 강해도 명분에서 지면 큰 힘을 발휘하지 못한다는 사실에, 그들이 지금은 은인자중하고 있을 것이라고 생각했다.

"그런데 중국 놈들만 그런 일을 합니까?"

"하하, 그럴 리가 있습니까? 일본 애들도 비슷하지요. 그런데 조금 다릅니다."

"뭐가요?"

"중국은 예로부터 화교가 힘을 뭉쳐 왔었죠. 화교들 가운데 재벌이라면 주로 동남아시아에 근거지를 튼 남방 화교를 가리킵니다. 그들은 해외에 있지만 중국 사람보다 더 애국심이 큰 것으로 알려져 있습니다. 수많은 사람이 청일전쟁 때 참여하여 죽어갔을 정도니까요. 1980년대에 중공은 극심한 경제란에 시달리면서 그동안 인정하지 않던 화교를 인정하여 그들로부터 자본을 끌어들이는 데 성공했습니다. 중국에 들어온 외국 자본의 60%가 이들 홍콩과 마카오에 근거한 화교 자본이지요. 반면 일본 자본은 독립적으로 나타납니다. 차이나타운은 있어도 제패니스타운은 없는 것처럼 일본 자본은 규모가 크지만 따로 놉니다. 그리고 주로 금융을 중심으로 돈이 되는 것은 무엇이든 투자를 하지요. 일본의 잔재가 아직도 많이 남아 있는 상태에서 IMF가 터지면서 일본 자본이 많이 들어오긴 했습니다."

나는 그의 말을 들으며 화교의 애국심을 생각했다.

그들은 돈을 벌면 거의 홍콩이나 대만으로 돈을 빼돌린다. 왜냐하면 거기서 돈이 흘러나왔기 때문이다.

백범연구소는 원래 우리나라의 정신을 훼손하는 사람이나 기업을 연구하는 단체다.

내가 백범연구소도 후원했기에 이전보다 더 활발한 연구 활동을 하고 있었다.

그가 돌아가고 나는 생각에 잠겼다.

심각해지기는 싫지만 이제 어떻게 해야 할지를 생각해야 했다.

하루 종일 병실에서 놀던 아이들이 돌아간 자리는 너무나 적막하여 세상에 나 혼자 있는 것 같았다.

병원에 있다 보니 각계각층의 사람들이 병문안을 오기 시작했다.

나는 그들과 웃으며 이야기를 나눴다.

나도 이제는 사회의 기득권층과 안면을 트고 지내야 유사시에 무언가 조치를 취할 수 있을 것이라고 여겨졌다.

적이 없다면 몰라도 공공연하게 목숨을 노리는 놈들이 있는데 나 혼자 고고하게 있다가는 한 방에 훅하고 갈 수도 있다.

프레벨을 착용하지 않은 상태에서 총알이라도 맞으면 나라도 별수 없는 법이다.

각계에 기부라는 명목으로 돈을 뿌리기 시작했다.

함흥 고씨가 얼마만한 부를 가지고 있는지는 몰라도 그들이 뿌리면 나도 뿌릴 수밖에 없다.

다른 것이 있다면 그들은 검은 돈을 뿌리고 나는 기부라는 명목으로 대놓고 뿌린다는 것만 다르다.

이 주일간 병원에 머물면서 함흥 고씨에 대해 알아보았다.

장백천 연구원의 도움도 있었고 정보 상인으로부터 산 정보도 있었다.

그러나 의외로 이번 사건을 주도한 세력에 대해서는 드러나지 않았다.

그렇다는 것은 통제가 잘되는 조직이 일을 꾸몄다는 것이 된다.

심지어 덤프트럭을 빌려준 회사마저 찾을 수 없었다. 사건은 미궁으로 빠지는 모양새였다.

내가 직접 함흥 고씨 일가에 침투하여 정보를 얻을까 했지만 주식의 급락과 급등이 계속해서 반복되고 있었기에 그러지 못했다.

특히 애플의 주가가 그러했다.

나는 적절히 선물도 지르고 하면서 수익을 극대화하느라 함흥 고씨 일가에 대한 정보를 직접 알아내지는 못했다.

그리고 이게 뭔가.

전직 대통령이 자살을 한 것이다.

연초부터 계속 TV에서 검찰 조사가 있고 어쩌고 했었는데 그가 자살한 것이다.

　이미 알고 있었던 일이지만 다시 경험하는 죽음은 익숙하지 않았다.

　그때도 나는 조문을 갔었다.

　그의 지지자가 아니었으므로 자택까지 가지는 않고 가까운 분향소를 찾아 그의 죽음을 애석하게 여겼었다.

11장

공범아

어둠이 짙게 깔리는 도시의 불빛을 보며 나는 생각에 잠겼다.

이렇게 된 이상 이전의 방법은 통하지 않게 되었다.

상대가 이미 나를 인식하여 테러를 가했으니 다시 숨는 것은 의미가 없는 일이 되었다는 말이다.

이제는 세상으로 나가 사람들 속에 숨어야 한다.

세상의 사람들이 만든 장벽과 우호적인 여론으로 나와 가족을 보호하지 않으면 위험하게 되었다.

그리고 나와 가족을 테러하면 적이 바로 모든 국민의 의심을 받게끔 여론을 조성해야 한다.

그래야 두 번 다시 도발을 할 수 없을 터이니까. 그래야 나와 가족이 조금이라도 더 안전해질 수 있다.

우리 가족의 행복을 지키기 위해 이제는 사람을 이용하고 적을 파멸시켜야 한다.

내가 시작하지 않았음에도 이미 전쟁은 시작되었다.

마침 「다음」의 황낙연 PD와 김진희 PD가 병원으로 문병을 왔다.

은근슬쩍 방송 프로그램 하나 생각하고 있다고 이야기했더니 자신들의 프로그램에 출연하라고 난리였다.

온갖 편의를 다 제공해 준다고 해서 촬영 날짜를 잡았다.

온 국민의 관심사가 되어 있는 와중에 TV에 출연한다고 하니 방송사에서는 쌍수를 들고 환영하였다.

최대한 방송사의 스케줄을 당겨 병원에서 퇴원한 다음 날 촬영을 잡았다.

개그맨 이남규 씨가 특유의 입담으로 오프닝을 매끄럽게 시작한다.

카메라가 잠시 나를 비추고 다시 이남규 씨가 이야기한다.

"오늘은 정말 제가 좋아하는 분을 모셨습니다. 저는 어떻게 하면 이분처럼 될 수 있을까 하고 밤을 새워 생각을 했거든요."

"술을 마시면서 생각하셨죠?"

한희진 씨가 중간에 재치 있게 치고 나왔다.

유난히 피부가 곱고 어려 보이는 여배우가 그러니 이남규 씨도 할 말이 없나 보다.

"자, 시청자 여러분들께 출연자를 소개시켜 드리겠습니다. 얼마 전에는 부인이 나오셨는데 오늘은 또 남편분과 함께 나오셨습니다. 참, 부럽습니다. 대한민국 최고의 부자로 알려진 김이열 회장님 부부, 오셨습니다."

"와~"

효과음이 잠시 났다.

아마도 촬영 스텝들이 소리를 지른 것 같았다.

"김이열이라고 합니다, 반갑습니다."

"그게 다입니까?"

이남규 씨가 말하자 한희진 씨가 다시 '그게 무슨 소리예요, 손님 모셔다 놓고' 한다.

그가 당황한 듯 '아이고, 존경합니다, 회장님' 이라고 했다.

녹화는 염려했던 것보다 자연스럽게 진행되었다.

본격적인 토크가 시작되고 있었다.

"자, 무엇보다도 가장 관심이 있는 것부터 여쭤 봐야겠죠. 이번에 온 국민을 충격으로 몰아넣은 그 사건 있잖습니까? 어떻게 된 것이죠?"

"저도 잘 모르겠습니다. 누군가 저를 노린 것 같은데 누가 왜 그런 일을 한 것인지 모르겠군요."

"항간의 소문에 의하면 징벌적 보상 제도에 반대하는 세력이 한 짓이다, 이런 말이 있는데 어떻습니까?"

"저는 사실 그 법에 누가 반대하는지도 모릅니다. 다만 일찍부터 뜻있는 시민 단체에 기부를 해왔습니다. 그래야 우리 사회가 좀 더 정의로워질 수 있다고 생각했기 때문이지요. 그리고 가끔 그들이 의도하는 사회가 어떤 것인지를 경청해 왔죠. 제가 후원하는 사람들이 무슨 생각과 일을 하는지 궁금했으니까요."

"그래서 그랬다, 이 말이신가요?"

"저는 그렇다고 봅니다. 사실 제가 죽을 만큼 다른 사람에게 원한을 산 적은 없거든요. 제가 하는 일이 주식인데 저는 굉장히 단순하게 합니다. 작전도 하지 않고 단타도 하지 않습니다. 주식은 아주 단순하게 오르면 팔고 내리면 삽니다. 그러니 거기에서 제게 악감정을 가지실 분은 없다고 봅니다. 그리고 제 돈의 대부분은 미국에 투자를 하고 있거든요. 재작년부터 국내에 본격적으로 투자했지만 아직까지 적대적 M&A와 같은 것은 시도조차 하지 않았습니다. 그러니 주식은 아니죠. 제 사생활은 아내도 알지만 단순한 편입니다. 결혼 전에는 혼자 술을 마시기도 했지만 아이들이 태어난 후로는 일찍 귀가합니다."

"그렇군요. 그럼 부인이신 서현주 씨께 묻겠습니다. 부군이신 김이열 회장님의 말씀이 맞으십니까?"

"네, 남편은 취미가 단조로운 편이에요. 아이들하고 놀기, 또는 커피 마시기, 소설 쓰기 등이죠. 그 외에는 다른 것을 하는 것을 본 적이 없어요."

"아, 정말입니까? 세상에 이렇게 재미없게 사시는 분이 있는지 몰랐습니다. 그래도 술은 좀 하셔야 사는 재미가 있지……"

이남규 씨가 손으로 술잔의 모양을 만들어 까딱까딱 마시는 흉내를 내었다.

"제 친구들은 저보다 더 바쁩니다. 제가 제일 한가해서 같이 놀 사람도 없습니다."

"그럼 언제든지 불러만 주시면 제가 달려가겠습니다."

"저도 부탁드립니다."

"저도 갈 수 있어요."

김연동 씨가 오프닝 멘트 외에 처음으로 입을 열었다.

"한번 모시겠습니다."

"정말입니까? 기대하고 있겠습니다."

"다시 본론으로 돌아와서……. 회장님을 테러한 세력을 모르신다는 거군요."

"그렇습니다. 하지만 인터넷에 보니 열 대 이상의 덤프트럭이 사용되었고, 제가 나올 때 미행한 차와 오토바이 등을 생각해 볼 때 최소 20~40여 명이 동원된 것 같습니다. 이 정도의 인원을 동원하면서도 흔적도 남기지 않았다는 점에서 대단한 세력인 것 같습니다. 그리고 저를 죽이고도 덮을 수 있다는 자신감이 있었다고 봅니다."

"그건 또 무슨 말씀이신가요?"

"살인을 저지르고도 빠져나갈 구멍을 만들어 놓았을 거라는 말입니다. 이는 우리 사회의 권력층과 손이 닿아 있을 것이라는 말이죠."

"아, 듣고 보니 그렇군요."

사실 대한민국에서 제일가는 부자를 테러할 정도로 간이 큰 사람은 거의 없다.

이렇게 뉘앙스만 풍겨줘도 언론이 알아서 파헤칠 것이다.

"그건 그렇고요, 제가 가장 관심 있어 하는 분야인데 어떻게 하면 그렇게 부자가 될 수 있습니까?"

"그건 아까도 말씀드렸듯이 욕심을 부리지 않고 주식의 가격이 싸면 사고 비싸면 팔면 됩니다."

"그게 말처럼 쉽게 되나요?"

"쉬운 것은 아니지만 그렇다고 어려운 것도 아닙니다. 욕심을 비우면 돈이 움직이는 방향이 보이거든요. 욕심을 내면 인간의 심리는 초조해지고 그런 상태에서 주식을 사고팔고를 반복하면 원금에 손실이 생기는 것이죠."

"그래도 그렇죠, 도대체 어떻게 하시면 그런 부를 만들 수 있습니까?"

"솔직히 말씀드리면 제가 지인에게 8억을 빌려 주식을 시작했습니다. 첫해에 수익률이 높아 자신감을 얻게 되면서 가족과 친척에게서 돈을 받아서 거래를 했습니다. 이게 좀 확대가 되다가 돈에 여유가 생기자 몇몇 IT기업에 투자를 한 것이죠. 래리 페이지가 말한 그 기업들이죠."

"아, 그러면 그 유명한 유튜브와 안드로이드 말입니까?"

"네, 맞습니다. 그게 큰돈이 되었습니다. 그 돈이 종자돈이 되어 지금의 돈이 생긴 거죠."

"다른 곳도 있다고 하는 것 같던데 맞습니까?"

"몇 군데 더 있습니다. 그중 하나는 여러분들도 아실 만한 기업에 투자를 했습니다."

"아, 그러고 보니 주식으로만 버신 것이 아니셨군요."

"네, 주식으로만은 이렇게 못 벌죠."

"그럼 김이열 회장님에게 있어 돈이란 무엇입니까?"

"제게 돈은 그냥 숫자에 불과합니다."

"네? 그게 무슨 말씀이신가요?"

반문을 하는 이남규 씨도 그렇고 한희진 씨와 김연동 씨도 궁금한 표정으로 바라본다.

"전 제가 가지고 있는 돈을 다 쓰지 못합니다. 의미가 없는 돈이죠. 예를 들어 10억, 20억 이렇게 있다면 기분이 좋아 이 것으로 무엇을 할까 연구하고 상상도 하고 그럴 터인데 단위가 너무 커져 버리니 할 게 없습니다. 그래서 제 돈이라고 생각하고 있지도 않습니다."

"정말입니까?"

이남규 씨가 믿을 수 없다는 표정으로 반문했다.

"맞아요, 남편은 예전과 변한 것이 없어요. 옷도 아무 옷이나 입고 식사도 그렇고. 저희 생활에서 달라진 것은 집밖에 없어요. 남편에게 전에 얼마가 있냐고 물었더니 제가 맡긴 돈이 얼마가 되었는지는 알려줄 수 있다고 하더군요. 그래서 화를 냈더니 그건 자기 돈이라고 생각 안 하고 있어서 말하지 않았다고 하더군요."

"아, 그러면 그 유명한 워렌 버핏처럼 사회에 기부를 하시겠다는 말씀이신가요?"

"그럴 생각도 있습니다. 물론… 사실은 저도 아깝죠. 아이들이 그 돈을 감당할 그릇이 되면 다 물려 주겠지만 그러기가 쉽지 않죠. 돈이 아이들의 삶을 망쳐 버리기가 더 쉬우니까요. 그래서 아이들에게 줄 것으로 이미 따로 떼어서 투자를 하고 있습니다. 물론 증여세는 다 낸 상태고요."

"그럼 이제 아이들은 주식 부자가 된다는 말씀이시군요."

"우리 사회가 부자를 좋지 않게 본다는 것을 잘 알고 있습니다. 하지만 저는 성실하게 세금을 내고 모은 재산에 대해서는 국민들도 뭐라고 하시지 않으셔야 한다고 봅니다. 물론 제가 이런 재산을 만들기까지 주위의 많은 사람의 도움이 있었지만 그것은 그것이고, 이것은 다른 문제이거든요. 나중에 많은 세금을 내는 것보다는 미리 세금을 적게 내고 물려준 것입니다. 나중에 주식이 오르면 부자가 되는 것이고 아니면 망하는 것이겠죠."

"아, 그렇군요. 혹시 얼마를 이번에 따님들에게 주셨습니까? 실례가 되지 않으면… 말씀해 주시죠."

이남규 씨가 묻자 이번엔 현주도 귀를 쫑긋하며 듣는다.

"총 100억을 아이들 이름으로 주었습니다. 세금을 내고 하니… 아이들 앞으로 각각 26억 정도 주게 되었습니다."

"일반인들에게는 엄청난 금액이지만 김 회장님의 재산에 비하면 그야말로 새 발의 피군요."

"부끄럽습니다. 저도 아버지다 보니 딸들에 대한 걱정을 안 할 수 없더군요."

"그렇다면 나머지 금액은 안 물려주실 생각이십니까?"

"물려줄 필요가 없다고 봐야죠."

"그게?"

"제가 장담하건데 아이들이 결혼할 무렵이면 상당히 많이 불어나 있을 것입니다."

"아, 그렇군요. 이제 주제를 돌려 두 분의 사랑에 대해 여쭤보도록 하겠습니다."

"아, 네……."

"두 분 어떻게 만나셨어요? 언론에 보도된 그대로인가요?"

"아, 네."

"이 문제는 서현주 씨에게 물어보는 것이 빠를 것 같네요. 두 분 어떻게 만났어요?"

"제가 남편 회사의 광고를 찍기 위해 광고 대행사를 방문했을 때 만났어요. 첫눈에 반했죠. 그런데 남편은 저를 몰라보는 거예요."

"어쩜 그럴 수가 있죠. 대한민국 남자라면 현주 씨를 모를 리가 없는데 말이죠."

"남편은 TV를 안 봐요. 영화도 잘 안 보고 음악은 옛날 음악만 듣고. 그러니 모를 수밖에요."

"아, 그럼 현주 씨 입장에서는 굉장히 신선할 수 있었겠네요."

"네, 그리고 남편하고 이야기하면 기분이 좋아졌어요. 그래서 제가 먼저 다가간 것이죠. 그 다음은 아시는 대로예요."

"그럼 김이열 회장님에게 여쭤 보겠습니다. 언제부터 부인이신 서현주 씨를 사랑하게 되셨나요?"

"아, 그게……"

"다른 이야기는 잘하시더니 사랑이라는 대목에서 말을 못하시는군요. 혹시 부인을 사랑하지 않으시는 것 아니십니까?"

다시 이남규 씨가 치고 나왔다.

"사실, 현주 씨는 처음 보았을 때 너무 예뻤어요. 한눈에 반할 정도였죠. 그때의 저는 너무 평범해서 연예인과 사귈 수 있을 거라고는 생각하지 못했습니다. 저에게는 오르지 못할 나무였지요. 그래서 현주 씨가 다가와도 거부했었습니다. 유명 여배우가 잠시 제게 장난을 치는 줄 알았거든요. 그러다가 조금 다툼이 있었습니다. 현주 씨가 화를 내고 가더군요. 그 다음부터 연락도 안 하고 제가 연락을 해도 받지도 않더군요. 그리고 두 달 후에 TV에서 사귀는 사람이 있다고 하니 좀 억울해지더군요. 나를 좋아한다고 해놓고 두 달을 못 참고 다른 사람을 사귀다니, 하고 말이죠."

"참 순진한 분이시군요. 소위 밀당을 한 것인데 거기에 넘어갔군요?"

"아, 넘어간 것은 아니고 제가 그때 현주 씨를 좋아한다는 것을 알게 되었죠."

"서현주 씨 알고 계셨습니까?"

"아니요. 남편은 그런 이야기는 잘 안 하는 편이라……. 아이들에게는 사랑한다고 하는데 제가 볼 때에는 다른 아빠들하고 비교를 하면 그것도 적게 하는 것 같아요."

"아니, 회장님 왜 그렇게 사랑한다는 말을 아끼십니까?"

"저는 항상 말하고 있어요. 아내의 말에 귀를 기울이고 아내가 하는 말을 존중하고 그녀를 항상 귀하게 대하고 있습니다."

현주가 내 말을 듣더니 풋, 하고 웃어버린다.

"그 말은 맞아요."

"그럼 남편에게 사랑한다는 말을 듣고 싶지 않으십니까?"

"남편은 늘 제게 말하고 있어요."

"뭐, 이거 부창부수이군요. 할 말이 없습니다."

녹화는 계속되었다.

나는 나의 생각을 이야기했다.

어떤 이야기는 공허했고, 어떤 이야기는 가식적이었다.

이곳에서 비쳐지는 나의 이미지는 꾸며진 것이다.

오직 나를 숨길 목적으로 나온 것이다.

그것이 방송사의 입장과 맞아서 촬영을 한 것일 뿐이고, 이 프로그램의 시청률이 높다는 것을 이용한 것이다.

나는 뭐 그럴듯한 사상이나 생각을 말하려고 나온 것이 아니다.

나를 대중에게 알려 인지도를 높이기 위한 것이었으므로.

토크의 마지막에는 사법부의 이야기가 잠깐 거론되었다.

내가 예전에 신문에 언급을 했었기 때문이다.

지금의 사법부는 저울이 공정치 않아 보인다는 기존의 주장을 간략하게 언급했고, 정치적인 발언은 일절 하지 않았다.

나는 세상이 변하기를 소망하지만 그것은 내 딸들을 위한 것이다.

어쨌든 중요한 것은 나의 싸움이 시작되었고 물러날 수 없다는 것이다.

원하지 않아도 해야 할 때가 있는데, 지금과 같이 상대가 일방적으로 싸움을 걸어왔을 때다.

할 수 없이 싸워야 하지만 통쾌하게 이겨주마.

만약 내게 가족이 없었다면, 사랑하는 이들이 없었다면 걸리는 족족 모두 죽였을 것이다.

지금도 5서클의 벽을 뚫지 못해 가끔 드래곤의 저주에 걸려 광포함을 이겨내려고 무진 애를 쓴다.

이 모두가 나 혼자가 아니라서 그런 것이다.

혹시라도 내가 사랑하는 사람들에게 피해가 갈까 봐 조심하고 또 조심하는 것이다.

*　　　*　　　*

　방송국에서 촬영을 마치고 오자 회사의 일은 그동안 많이
진행되어 있었다.

　역시 사람은 혼자보다는 일을 나눠서 해야 빠른 법이다.

　비영리 재단법인이 들어설 건물들에 대한 조사가 있었고
근무할 직원들도 보충되고 있었다.

　비영리 재단이지만 동원산업의 이름으로 일이 진행될 것
이다.

　주인 없는 기업은 모두의 밥이 될 뿐이다.

　IMF 때도 그랬고, 미국의 리먼 브러더스 사태 때도 공적자
금은 눈먼 돈이라고 해서 먼저 먹는 놈이 임자였다.

　도덕적 해이는 주인이 없을 때 있는 것이다. 주인이 눈을
부릅뜨고 있어야 재산이 안전해진다.

　예전에 친구 하나가 큰 식당을 하다 목사가 되려고 신학교
에 입학했다.

　기숙사 생활을 해야 하는 그는 가게를 직원들에게 맡겨놓
았고 매상이 절반으로 떨어졌다.

　그러나 그가 가게에 있는 날은 매상이 정상으로 돌아왔다.

　결국 그는 가게를 다른 사람에게 넘기고 말았다. 이게 인간
이 살아가는 현실 가운데 하나다.

주인 없는 기업을 만들려는 것은 이상론자들이 자신의 탐욕을 숨기려고 말하는 것이다.

노동자가 주인이 되려고 떠드는 것이다.

왜 우리가 노력한 돈을 착취해 가느냐, 하고 말이다.

그러나 이렇게 경쟁이 치열한 세상에서 기업을 유지하는 것은 그들의 이상처럼 쉽게 되지 않는다.

시민 단체에서 소액주주 운동을 했던 그 교수도 결국은 더러운 매판자본을 운영하여 국부를 외국으로 옮기는 일을 자행하지 않는가.

어차피 난 내가 지출한 돈에는 관심도 없다.

힘들게 번 돈은 아니지만 그렇다고 이상한 놈이 그 돈으로 호의호식하는 꼴은 정말 보고 싶지 않을 뿐이다. 그래서 동원산업이 운영하려는 것이다.

운영하다 보면 회사를 홍보하려는 욕심도 생길 수 있겠지만 우리는 천사가 아니다.

적어도 무엇인가 해주고 고맙다는 인사 한마디라도 들어야 하지 않겠는가.

그리고 도움을 받고 고맙다는 말 한마디도 하지 않는 인격장애자를 굳이 도울 필요도 없고 말이다.

이런저런 생각을 하면 사는 것이 퍽퍽하다.

마음대로 되는 것도 별로 없다.

가족이 아니라면, 사랑하는 부모님과 아내와 딸이 아니라면 두 번째 사는 이번 삶도 무의미했으리라 여겨진다.

인간이 사는 목적은 무엇인가.

살아 있으니 사는 것은 맞지만 그래도 나름대로의 의미를 가지고 살기 위해서는 기준을 필요로 한다.

정의를 논하는 학자들조차 그 기준을 공리주의에 둘 수밖에 없는 것이 현실이다.

나치가 유럽을 침공했을 때 대다수의 국민이 찬성했으며 일본이 대동아전쟁을 벌였을 때도 국가적 이익이라고 국민들은 찬성했다.

사회의 구성원이 다르면 정의도 그들의 이익에 따라 달라지게 마련이다.

인간의 정의란 원래 그런 것이다.

그래서 나는 힘이 있어도 나서지 않는 것이다.

그런데 나를 싸움판에 끌어들였으니, 최선을 다해 싸워주마.

새로 발족한 '동원&현' 재단이 쓸 건물을 살펴보았다.

서초동 외곽에 위치한 빌딩을 샀다.

이곳은 강남이라도 외곽에 위치하여 일단 교통 체증과 같은 귀찮은 일은 별로 없는 지역이었다.

일단 적당한 건물이 나와서 매입했지만 어떻게 사용할지

에 대해서는 아직 내부적으로 제대로 결정된 바가 없다.

그리고 매입한 건물에 임대하여 사용하는 사람이 많아 건물의 용도가 결정이 되어도 당분간 마음대로 할 수도 없었다.

계약기간이 끝나는 대로 대부분의 업체는 내보낼 것이다.

다음 날은 「다음」의 스텝들과 MC 세 명을 만나 회식을 했다.

무엇인가 잔뜩 기대를 하는 것 같아 나도 잘 가지 않는 비싼 집에서 저녁을 샀다.

식사가 나오고 술이 나왔다.

나는 가볍게 한잔을 하고 더 이상 먹지 않았다. 그러자 자연 술자리가 어색해지기 시작했다.

"아참, 이러면 안 되는데, 이거 이거 곤란한데."

소문난 주당답게 술을 많이 마실 수 없게 되자 이남규 씨가 불평을 터뜨렸다.

"하하, 많이 드세요."

"아니, 술을 사시는 회장님이 안 마시는데 어떻게 마십니까? 이거는 마음껏 먹어 하면서 나는 자장면, 이러는 것과 똑같아요, 같아."

"아, 저번에 수고하셨다고 말씀만 드리고 해서 섭섭했는데 그럼 이거라도 드려야겠네요."

내가 신호를 보내자 비서가 선물들을 가져왔다.

"제가 술에 대해 아는 게 별로 없습니다. 장인어른 찾아 뵐 때 산 루이13세하고 포도주 몇 종류밖에 모릅니다. 포도주는 이 선생님 같은 주당이 드실 리가 없고 해서 루이13세로 가져 왔습니다."

이남규가 침을 꿀꺽 삼키면서 술병을 받아 들었다.

그는 술병을 가슴에 품고 행복하다는 표정을 지었다.

"술맛을 봐야죠."

여유 있게 사온 것이라 한 잔씩 돌리고 나도 한 잔 마셨다.

"돈 많은 놈이 돈 자랑한다고 하실지 모르시겠지만 저는 미국에서 대부분의 돈을 벌었습니다. 우리나라에서 번 것은 제 돈의 2~3%밖에 안 됩니다. 그래서 저는 가끔 선물할 일 이 생기면 수입품을 살 때가 있습니다."

"그럼 회장님은 이 좋은 술을 매일 드십니까?"

이남규가 부러운 표정으로 바라보았다.

"저는 편의점에서 파는 양주나 맥주를 주로 마십니다. 술 을 좋아하는 편이 아니라서 선물로 들어오는 술들은 아버지 께서 주로 드시고 그중에 하나나 둘은 제가 감춰놓고 아내 몰 래 마시지요."

"아, 역시 여자들이 문제야. 여자들도 술을 배워야 해."

한희진 씨도 루이13세를 홀짝인다.

부드럽고 향긋한 향이 좋은 술이다.

마셔도 깨끗하고 뒤끝이 없다.

사람들은 자신의 술병은 꺼내놓지도 않고 샘플로 꺼낸 술을 한 잔이라도 더 마시려고 눈치싸움을 한다.

술 좋아하는 이남규 씨도 절대 자기의 술병을 따지 않았다.

따는 순간 한두 잔 마시면 곧 없어질, 것이니 개봉을 못 하는 것이다.

나도 현주와 마시려고 숨겨놓은 한 병을 절대 꺼내놓지 않고 있었다.

술이 모두 떨어지자 파는 술 가운데 가장 좋은 술을 시켜주었지만 입맛만 버렸다고 투덜대는 사람들 때문에 웃음이 나왔다.

지금 마시는 술도 상당히 고급인데 더 좋은 술을 맛보니 시시해진 것이다.

인생이라는 것은 그런 것이다.

더 좋은 것을 맛보면 내려가는 것이 고통스러운 법이다.

한 번 TV프로에 출연하자 여기저기서 섭외가 몰려오기 시작했다.

나는 내가 재미없게 이야기해서 시청률이 나오지 않을 것이라고 생각했는데 의외로 폭발적인 반응으로 시청률이 무려 29.2%가 나왔다.

방송분을 보니 역시나 편집 기술의 뛰어남을 알 수 있었다.

내가 재미없게 말했어도 주위에서 웃기니 프로그램이 빛이 났다.

과연 방송 3사의 최고의 프로그램다웠다.

이번에는 시사프로그램에 참여하기로 했다.

120분 토론인데 주제가 부자들의 사회적 책임이었다.

주제를 듣자마자 출연하기로 했다.

나는 원래 조용한 성격이어서 평상시였다면 거절했겠지만 지금은 의도적으로 나의 지명도를 끌어올려야 할 때였다.

유명한 것도 하나의 권력이 되는 시대다.

내가 충분히 유명해지면 은밀하게 함흥 고씨 일가에 대해 터뜨릴 생각이었다.

우리 가족에 대한 테러가 있다면 범인으로 자연 그곳이 의심을 받게 되게끔 말이다.

그렇게 되면 우리 가족이 좀 더 안전해지지 않을까 하고 말이다.

대중의 관심을 받는다면 함흥 고씨 일가가 이 정권의 최고위층을 좌지우지한다 하더라도 쉽게 어떻게 할 수 없게 될 것이다.

방송국으로부터 주제와 토론 내용, 그리고 질문 내용을 미리 메일로 받아 보고 이야기할 내용을 정리하면서 부족한 지식이 있으면 자료를 조사했다.

회사에 출근하여 동원&현 재단이 어떻게 준비되고 있는지 알아보았다.

그리고 저번에 이야기한 징벌적 배상 제도에 반대한 31개의 기업들 가운데 재무구조가 괜찮고 수익구조가 탄탄한 기업에 대한 주식 매입에 들어갔다.

나는 그 사실을 보고 받고 고개를 끄덕였다.

역시 동원산업의 직원들은 유능하고 보수적인 성향이 강해 정말 튼튼한 기업의 주식만 매입하기 시작한 것이다.

'동원산업의 이미지를 높일 필요가 있어. 적대적 M&A를 해도 여론의 비난을 받지 않도록 말이야.'

일단 함흥 고씨 일가의 손과 발을 끊을 생각이었다.

삼영 그룹의 회장에게 들은 이야기를 생각하면 그들의 영향력이 절대적인 것이 아니다.

어지간하면 그들의 이야기를 듣지만 기업의 존폐가 달리면 언제든지 등을 돌릴 수 있다는 것이다.

하긴 요즘 세상에서 그룹이 기업 형식으로 묶이지 않고 어느 한 가문의 영향력 아래에 놓인다는 것은 시대착오적 발상이다.

동원&현 재단법인은 이제 한두 달만 지나면 본격적으로 시작할 수 있을 정도로 일이 진척되었다.

사실 법인 설립은 얼마 걸리지 않는다.

조직을 구성하고 정관을 만드는 데 시간이 걸리지 서류 작업은 의외로 간단하다.

재단 등록 이사에 박재명 포항공대의 학장 출신이 선임되었다.

그리고 카이스트의 오동탁 교수가 은퇴를 원하고 있어 특허부를 주관하는 이사로 초빙하였다.

특허부는 국내 대학의 연구진이 연구한 특허의 사장을 막는 일을 할 것이다.

우리나라에서 만든 특허가 팔려나간 것이 많다.

국내 대기업이 날로 먹으려고 하는 사이에 발명자가 외국 기업에 제 돈을 받고 넘긴 것들이다.

우리나라의 국제특허출원은 세계 6위다.

그러나 중요한 것은 특허청구범위(Claim)다.

즉, 특허기술의 어느 영역까지 배타적인 보호를 받을 수 있게 되느냐에 따라 동일한 특허라도 돈이 되기도 하고, 쓸모없는 것이 되기도 한다.

따라서 특허신청자의 결정이 굉장히 중요하다.

자신의 기술의 범위를 착각하여 좁게 설정하면 특허를 내나 마나이다.

반면 너무 넓게 설정하면 특허로 받아들여지지 않을 가능성이 높다.

전혀 상관없는 영역이나 아주 조금밖에 영향을 미치지 않는 영역에서의 권리를 주장할 수는 없는 것이다.

문제는 이런 특허청구범위가 심사를 통해 받아들여지면 그 후로는 변경할 수 없다는 것이다.

이런 이유 때문에 오늘날의 기업들은 전문적으로 특허만 다루는 거대 특허 공룡에 당할 수밖에 없는 것이다.

또한 사회단체를 지원하는 일에 박승수 민족문화연구소의 간사가 채용되었다.

비정치적인 시민 단체에만 지원을 하며 엄밀한 실사를 통해 지원이 결정된다.

이렇게 시민 단체를 지원하는 이유는 개인이 국가의 권력에 대항할 수 없기 때문이다.

권력 집단에 영향력을 행사하려면 그에 상응하는 압력단체를 만들어야 한다는 것이고, 그게 시민 단체다.

시민 단체를 지원하는데 가능한 재정적인 지원보다는 그들이 필요로 하는 것을 지원하기로 했다.

이렇게 동원&현 재단의 직원이 채용되고 방향성이 잡히면서 일이 급진전하였다.

가장 먼저 준비해야 하는 것은 장학생을 선발하는 일이었다.

올해 선출해야 내년부터 지급이 가능하기 때문이다.

개인적으로 지원하는 학생이 다니는 대학의 커트라인을 정하고 싶었지만 그렇게 되면 가난한 학생이 제외될 확률이 높아서 철회하였다.

기본적으로 우리나라에 대학생이 너무 많다는 것 때문에 고민이 되었던 부분인데 회의 결과 학교는 가리지 않기로 했다.

또한 가난하다는 이유만으로 지원을 하지는 않는다.

생활보호대상자는 기본적으로 가장 높은 점수를 줘서 심사를 받을 때 어지간하면 떨어지지 않게 했다.

일단 하기 쉬운 것을 먼저 하면서 점차적으로 일의 범위를 넓히기로 했다.

어느 정도 구성이 끝난 뒤에 나는 두말없이 3조를 재단에 입금하였다.

연말에 주식을 처분하면 더 유리하겠지만 말이 나온 김에 하기로 했다.

어차피 나에게는 쓰지도 못하는 숫자에 불과한 돈이었다.

삶을 사는 데는 정답이 없다. 정의로움도 시대와 사회적 통념에 따라 달라진다. 그러니 인생은 행복하게 사는 게 최고다.

그렇다면 행복이란 과연 뭘까?

행복은 단순히 개인의 즐거움을 의미하지는 않는다.

행복은 이웃과 사회 속에서 갖게 되는 건강한 즐거움을 말한다.

사이코패스가 살인을 하면서 기쁨을 느끼는 것은 행복이 아니라 일그러진 감정의 잔재일 뿐이다.

행복은 사회와의 건강한 소통을 통해서 이루어지는 것이다.

나는 재단을 통해 사람들과 행복을 소통하려는 것이다. 운이 좋은 사람은 행복할 것이고 그렇지 않은 사람들은 그냥 약간의 지원을 받는 것에 불과할 것이다.

동원산업에서 들어올 천억은 연말 회사의 수익률과 연계되어 있어 미리 입금할 수 없었다.

3조 중 건물 구입 비용을 제외하고 3분의 1을 동원산업의 금융팀에 맡기고, 3분의 1은 국채와 안전자산에 투자했다.

나머지 9천 5백억 원은 단기채권이나 금융상품을 구입하고 필요한 돈을 여기서 찾아 운영하기로 했다.

사회는 법률이나 시스템과 같은 제도가 변화지 않으면 변화하기 어렵다.

우리 재단이 이런 일에 일조할 수 있으면 좋을 것이라고 생각하며, 나 역시 많은 기대를 하고 있다.

잘만 운영이 된다면 더 많은 돈을 기부할 생각이다.

동원&현 재단의 첫 이사장은 현주가 맡기로 했다.

일단 그녀의 성품을 믿기 때문이다.

재단이 제대로 정착되면 훌륭한 분을 모실 생각이었다.

그리고 재단 이사장은 상징적인 의미일 뿐 대부분의 일은 실무진이 하게 될 것이니 그녀가 해도 문제가 되지 않는다.

어차피 이 재단은 비영리일 뿐이지 동원산업이 운영하는 재단이다.

돈을 가졌다는 것에는 좋은 점이 많은 반면에 사실 나쁜 점도 있다.

「허생전」에서 남산골의 샌님인 허생은 우여곡절 끝에 변씨에게 만 냥의 돈을 변통한 후 그 돈으로 장사를 하여 엄청나게 많은 돈을 모았다.

그리고 허생은 취약한 경제구조를 가진 조선 사회가 감당할 수 없다고 하면서 그 돈을 바다에 그냥 버렸다.

돈이란 많다고 마냥 좋은 것이 아니다.

쓸 수 있는 구조가 되어 있어야 쓰는 것이다.

상황이 무르익지 않았는데 돈을 쓰면 사람들은 돈 자랑을 한다고 할 것이다.

사용되는 그 돈이 개인과 사회를 행복하게 만들 수 있어야 비로소 의미가 있는 것이다.

그런 의미에서 돈을 가진 자의 사회적 책무 못지않게 인간 개인의 행복도 중요하다.

과연 동원&현이 성공할 수 있을지 개인적으로 확신하지

못하고 있다.

왜냐하면 이런 일을 해본 적도 없고 어떻게 해야 하는지도 잘 모르기 때문이다.

단지 많은 사례를 분석하여 성공할 수 있도록 노력할 뿐이다.

12장

끝맺음

영원히

드디어 기다리던 120분 토론이 시작되었다. 가볍게 리허설을 두 시간 전에 하고 들어갔다.

"시청자 여러분 안녕하십니까. 오늘 120분 토론은 부자들의 사회적 책무에 대해서 이야기를 나눠 보겠습니다. 오늘은 패널로 S대의 강창익 교수님 나오셨습니다. 그리고 신진보당의 나문열 의원 나오셨습니다. 반대쪽 진영으로 사우당의 노열찬 의원 나오셨습니다. 그리고 요즘 한창 사회적 이슈가 되었던 동원산업의 김이열 회장님이 나오셨습니다."

사회를 보는 유재덕 씨가 소개를 할 때마다 서로 카메라를 보고 인사들을 했다. 나도 그들과 마찬가지로 그렇게 했다.

서로 가벼운 덕담 비슷한 말을 하며 토론을 시작하였다.

처음에는 강창익 교수가 부자들의 사회적 책무인 노블레스 오블리주에 대한 이야기를 시작했고, 양 당의 의원들도 이야기를 했다.

나도 역시 가볍게 인사를 드리는 것으로 이야기를 시작했다.

"자, 그러면 부자들에 대한 증세 방안에 관해서 이야기를 해보겠습니다. 어떻게 생각하십니까?"

유재덕 씨가 질문을 던지자 각 당은 본질적으로는 부자들의 증세에 대해 원칙적으로 찬성을 하지만 그것을 법으로 적용하는 데는 어려움이 있다고 말했다.

"자, 그러면 이번에 3조 원이라는 엄청난 돈을 기부하시고 작년에 1천억에 이르는 세금을 자진 납세한 김이열 회장님께 묻습니다. 찬성하십니까, 아니면 반대하십니까?"

"국민의 한 사람으로서 세금은 당연히 내야 한다고 봅니다. 하지만 부자들의 증세엔 당연히 반대입니다."

"의외의 말씀이신데요, 그렇게 말씀하시는 이유가 있습니까?"

"우리 국민들이 가진 부자에 대한 적대감을 잘 알고 있습니다. 하지만 부자들이 세금을 많이 내는 나라의 특징을 보면, 상속세가 없거나 상속세율이 낮은 나라가 많습니다. 우리 나라에서는 복권과 같은 불로소득보다 상속에 더 높은 세율이 책정되는 것이 문제입니다. 상속세를 그대로 내버려 두고 부자들에게 증세를 하게 되면 국부가 해외로 이탈하게 될 확률이 높습니다. 의외로 세계에는 세금이 없거나 낮은 나라가 많습니다. 이런 곳을 거치면 가볍게 부의 상속이 가능합니다. 즉, 부자를 욕하면서 그들에게 모질게 하면 할수록 다른 형태의 편법 승계가 이루어질 것입니다. 그러니 그들이 받아들일 수 있는 범위 내에서 세금이 책정되어야 합니다."

"아, 예상외의 말씀인데요. 만약 그렇게 되면 어떻게 될 것 같습니까?"

"김 회장님의 말씀처럼 그런 편법을 쓸 확률이 높기 때문에 저희 의원들도 부자들의 증세를 함부로 이야기할 수 없다는 것입니다."

"그럼 어떻게 하면 부자들이 자진해서 세금을 낼 수 있게 되겠습니까?"

나는 평상시에 가졌던 내 생각을 이야기했다.

재벌의 순환출자의 문제점은 인정하지만, 재벌이 해체되면 오히려 국제 투기자본의 타겟이 될 확률이 높다는 점.

얼마 전까지 시민 단체에서 소액주주 운동을 하신 분이 미국의 거대 펀드의 하수인 노릇 하는 것을 예로 들며 쉽지가 않다고 말했다.

오히려 재벌의 해체보다는 재벌 총수의 독단을 막는 방법을 연구하는 게 나을 것이라고 했다.

부자에 대한 증세가 이루어지려면 어떠한 형태로든 상속세를 손보아야 한다는 것, 즉 분납을 성실하게 하면 세액을 깎아 준다든지 해서 납세자의 어려움을 덜어줘야 한다는 이야기를 했다.

성실하게 납세를 하면 어떤 혜택이 오게끔 해줘야 납세율이 올라갈 것이라는 점도.

그리고 할리우드 배우들의 명예의 전당처럼 성실 납세자들을 위한 예우가 있으면 납세율이 혹시 올라가지 않을까 하는 생각을 말하기도 했다.

*   *   *

120분 토론에 나간 것은 어떤 혁명적인 제안을 하기 위한 것이 아니었다.

다만 여러 곳에 얼굴을 비추어 유명해지는 것이 목표였다.

이렇게 했음에도 불구하고 어이없게도 최근에 다시 미행이 붙기 시작했다.

참으로 끈질기고 대책이 없는 놈들이었다.

말할 수 없는 분노가 치밀어 올랐다.

싸움을 피하기 위해 그토록 노력했음에도 불구하고 물리력을 사용하려고 하는 모습을 보니 그동안 내 모든 노력과 인내가 하루아침에 물거품이 되는 것 같았다.

나는 잠시 나갔다 온다고 하며 경호원들을 두고 차를 몰고 나왔다.

그러자 곧바로 따라붙기 시작했다.

나는 도시를 벗어나 한적한 도로를 달렸다. 그리고 산으로 이어지는 길로 빠졌다.

차를 버려두고 산으로 향했다.

순식간에 10여 대의 차가 따라왔다.

저번에 덤프트럭에 대한 이야기가 많아서였는지 이번에는 모두 승용차였다.

가면을 꺼내 쓰고 인비저빌리티를 사용하였다.

무려 30여 명의 남자가 차에서 내려 산으로 들어왔다.

나는 이 싸움을 신사적으로 하면 더욱 복잡해질 것이라는 것을 깨달았다.

애초부터 독하게 마음을 먹고 이곳으로 그들을 유인한 것이다.

맨 앞에서 오던 남자가 공중에서 매달린 채로 허덕이다가 목이 꺾여 죽었다.

'한 놈 처치했군.'

사람을 처음으로 죽였지만 이상하게도 별 감각이 없었다.

마치 오래전부터 해온 일처럼 자연스러웠다.

처음으로 사람을 상하게 한 후에 떨리던 그때의 손이 아니었다.

죽은 놈을 아공간 마르트라 오셀로에 집어넣었다.

완전범죄를 꿈꾸며 나는 하나하나 적들을 처리해 나갔다.

"뭐지."

"뭔가 있다, 조심해라."

사시미칼로 무장을 한 괴한들이 이상한 것을 느꼈는지 주변을 경계하였다.

나는 나무 위에서 맨 뒤를 조심스럽게 걸어가는 자를 향해 아이스애로우를 쏘아 보냈다.

"컥!"

남자가 얼음화살에 맞아 그 자리에서 즉사했다.

가슴이 관통되어 뻥 뚫렸지만 피 한 방울 흘러나오지 않았다.

그리고 다음으로 한 남자가 홀드에 걸려 공포에 소리를 지르다가 역시 마법화살에 맞아 죽어갔다.

그렇게 30여 명의 남자를 처치하는데 걸리는 시간은 30여 분이 채 안 되었다.

사람을 죽여도 별 감흥이 없었다.

사실 그들을 유인할 때부터 죽이기로 결심하기는 했다.

조폭들이야 어쩔 수 없이 구르다 보니 할 수 있는 게 이런 것일 수도 있었다.

하지만 이들은 악의적인 놈들이다.

특별히 자신들이 관련된 이해관계도 없이 생각이 틀리다고 무조건 죽이려는 놈들이었다.

"하아, 이제 나도 지쳤다. 그렇게 참았건만 어쩔 수 없게 만드는군. 인간의 생명이 이토록 허무하게 떨어져도 마음이 얼어붙었는지 예전같이 슬프지가 않은 것은 무슨 조화란 말인가."

열화상 카메라나 안경을 준비하지 않았다면 어둑한 날에 보이지 않는 적을 상대하는 것은 계란으로 바위를 치는 격이다.

비록 4서클에 지나지 않으나 자크 에반튼이 드래곤을 사냥했을 때 사용한 프레벨이 나에게 있는 이상 이런 자들을 처리하는 것은 손바닥을 뒤집는 것만큼 쉬웠다.

나는 그들이 타고 온 차의 블랙박스를 찾아 뜯어내었다.

열 대의 차량 가운데 세 대에 탑재되어 있었다.

"디그."

1서클의 마법 디그가 펼쳐지자 땅이 한 평 정도의 깊이로 파였다.

"디그."

다시 땅이 파였다.

"디그."

"디그."

10여 번의 디그 마법을 펼치고서야 차량을 모두 그곳에 감출 수 있었다.

그리고 시체에서 얻은 핸드폰과 무기들을 한쪽에 수거하고 그곳을 벗어났다.

나는 그들이 왜 이런 방법을 사용하는지 몰랐다.

내가 생각하는 적이 다른 놈들인지, 아니면 적이 나에 대해 아주 많이 알고 있든지 둘 중의 하나라고 생각했다.

만약 후자라면 적은 어떤 위험을 무릅쓰고서라도 나를 제거하려고 했겠지.

하지만 나는 시민 단체를 앞세웠고 전면에 나선 적이 없었다.

"혹시."

불현듯 생각나는 사람이 하나 있었다.

*　　　*　　　*

집으로 돌아오니 긴장이 조금 풀렸다.

그들을 죽여서가 아니라, 내가 사람을 죽인 그 자체에서 오는 충격이 점차 조금씩 무게를 더하고 있었다.

나는 원래 이런 감정면에서는 좀 느린 편이었다.

그래도 예전처럼 눈물을 흘리거나 하지는 않았다.

아내에게 오늘은 피곤하다고 하고는 일찍 잠자리에 들었다.

점점 몸이 무거워지며 나락으로 빠지는 것을 잠결에서도 느꼈다.

짙은 어둠 속에서, 심리적 충격을 받는 날에 찾아오던 붉은 눈동자가 오늘도 예외 없이 나타났다.

그 핏빛 눈동자가 오늘은 웃고 있었다.

마치 그럴 줄 알았다는 듯이 조롱하는 눈동자였다.

이전에 느꼈던 것은 공포, 충격이었다면 지금은 너도 별수 없구나, 하는 싸늘한 비웃음이 담긴 눈이었다.

그럼에도 여전히 공포심이 마음 한편을 서늘하게 만들기도 했다.

"이것은 내 인생이야. 누구에게도 타인의 인생을 비웃을 자격은 없어. 너 따위 드래곤에게 조롱받고 싶지는 않아!"

나는 이유 없는 조롱에 화가 나서 소리쳤다.

그러자 이전과 다르게 그 광포한 눈동자가 순식간에 눈앞으로 다가왔다.

"정말 그러한가?"

붉은 눈동자가 처음으로 말을 했다.

말을 할 수 있었다니, 나는 멍하게 그 눈동자를 바라보았다.

눈동자가 뒤로 물러나면서 거대한 날개가 펼쳐졌다.

인간의 상상 속에 존재했던 드래곤보다 더 아름답고 거대했다.

마치 너 따위 인간 정도야, 하는 거만함이 펄럭이는 날개에 묻어났다.

나는 드래곤의 날개를 보고 중얼거렸다.

"인간이 위대한 것은 스스로 약하다는 것을 알기 때문이야. 너 따위 신에 가까운 능력을 가진 자는 절대 알 수 없는 것이라고."

다시 붉고 노란 눈동자가 눈앞으로 훅, 하고 다가왔다.

"흠, 그런가? 기대해 보겠다."

드래곤의 눈동자가 연기처럼 흩어지며 사라졌다.

나는 그 순간 드래곤의 정체를 알아차렸다.

"너 이 자식! 마르트라 오셀로."

내 영혼의 의지와 교감을 나누는 절대적 능력과 아공간을 가진 반지인 마르트라 오셀로.

"헉!"

꿈에서 깨자 식은땀이 비처럼 흘러내렸다.

"여보, 괜찮아요?"

눈을 떠보니 현주가 걱정하는 얼굴로 바라보고 있었다.

"아, 괜찮아."

"걱정했어요."

현주가 울먹이는 소리로 대답한다. 물수건으로 땀을 닦아 주었다.

"아~"

나직하게 한숨을 토해 냈다.

손에는 링거가 꽂혀 있었다.

나는 아주 짧은 순간이었던 것 같았는데 크게 아니었나 보다.

"내가 언제부터 이렇게 있었지?"

"어제 주무실 때부터 헛소리를 하고 열이 40도까지 올라갔어요. 주치의 선생님이 다녀간 후에 안정을 되찾았어요. 어머님, 아버님께서는 조금 전까지 여기에 계셨어요."

"아, 그래. 미안해."

"당신이 왜 미안해요. 단지 몸이 아팠을 뿐인데요."

"그래도."

나는 몸을 일으켰다.

몸에 힘이 하나도 없었다.

나는 도대체 뭘까?

정신은 괜찮았는데 몸이 견디지를 못했다.

식사를 가볍게 하고 나니 조금씩 힘이 났다.

서재에서 가볍게 마나 수련을 하고 나니 비로소 몸이 정상으로 돌아왔다.

반지를 보았다.

평범한 미스릴 반지에 마법의 연금술로 박아 넣은 드래곤 하트 두 개가 작은 보석처럼 껌벅이고 있었다.

'너도 각성을 한 것인가? 아니면 내가 그때 마법에 대해서 알게 되었을 때부터 그랬던 것인가.'

아무리 생각해도 드래곤이 무엇을 말하려고 나에게 자꾸 나타나는지 도무지 알 수 없었다.

약간은 호의적이기도 하고, 비웃는 것 같기도 하고. 종잡을 수 없었다.

"하아~"

가만히 있어도 터지는 것은 나직한 한숨이었다.

하루가 지나고 보니 내가 어제 무슨 일을 저질렀는지 느껴졌다.

정원에서 뛰어다니는 엘리스를 보고 지저귀는 새들의 노래를 듣는다.

나는 여기서 무엇을 하고 있나?

사랑하는 사람과 살고 아이들도 태어나고 아주 서서히 늙어가고도 있다.

그리고 어쩌면 앞으로 더 많은 사람을 죽여야 할지도 모른다.

그리고 번뜩 생각나는 그 사람을 조사할 필요가 있었다.

"이쪽으로 좀 와주세요. 제가 몸이 안 좋아서요. 아, 네. 죄송합니다."

나는 안정훈 실장을 집으로 불렀다.

그는 규모가 커진 정보분석팀의 실장이 되었다.

몇 달 전에 한국 투자를 결정하면서 부서를 확장했다.

정보를 어떻게 남들보다 빨리, 그리고 정확하게 확보하느냐에 따라 제대로 투자를 할 수 있느냐 없느냐가 갈린다.

그리고 뭔가 미심쩍은 일도 있어서 정보분석팀을 아주 크게 확장시켜 놓았다.

원래 투자에는 정보가 생명이기도 하다.

한 시간도 안 되어 안정훈 실장이 헐레벌떡 집으로 찾아왔다.

그는 주위에 가득한 경호원에 놀라 눈을 크게 뜨고 조심스럽게 처신했다.

지난번에 테러를 당한 후에 경호 인력이 대폭 증강되었고 그들의 무장 상태도 강화되었다.

"어서 오십시오."

"아, 회장님 몸은 좀 어떻습니까?"

"이제 좋아졌습니다."

안정훈 실장은 내게 각별한 애정을 가지고 있었고, 사람 자체가 수더분하고 거짓이 없는 사람이었다.

왜 그런 사람 있지 않은가, 대책 없이 선한 사람 말이다.

경찰에서 근무를 했으면 세상이 어떠한지는 잘 알 터인데도 성품이 바뀌지 않았다면 그만큼 심지가 굳고 선하게 살려고 노력했다는 것이다.

최근에는 NIS, 즉 국정원 출신도 몇 명 채용되었지만 나는 이런 그가 마음에 들어 책임자로 임명했다.

"무슨 일이십니까?"

호기심으로 가득한 충직한 눈이 깜박거렸다.

"사인호 씨라고 있습니다. 제가 예전에 후배의 소개로 만나서 신세를 진 적이 있습니다. 그런데… 전 그가 의심스럽습니다."

"구체적인 증거나 뭐 그런 것이 있습니까?"

"일단 그는 흥신소 직원이라고 했지만, 믿을 수 없을 만큼 빨랐습니다. 그리고 특유의 분위기에서 풍기는 것은 국정원 출신 같았습니다. 제가 겉으로 활동을 하지 않았음에도 테러를 한다는 것은 있을 수가 없습니다. 그렇다는 것은 이미 나를 잘 알고 있었다는 것이죠. 그래서 그가 의심스럽습니다. 일단 소재지 파악을 해주시고요, 전화번호는 여기 있습니다."

나는 그의 핸드폰 번호가 있는 종이를 그에게 주었다.

예전에 그를 대할 때마다 꺼림칙해서 그를 알고 있음에도 안정훈 씨에게 의뢰를 했었다.

그것이 인연이 되어 안정훈 씨는 이제 동원산업 정보분석팀의 실장이 되었다.

함흥 고씨 일가가 어떻게 오늘날과 같은 최첨단 과학시대에 영향력을 행사할 수 있었을까 심각하게 생각해 보니, 답은 역시 정보력과 무력이었다.

징벌적 배상 제도법이 통과되자마자 나를 대상으로 한 테러가 일어났다는 것은 이미 나를 파악했다는 것이다.

그러나 믿을 수가 없었다.

왜 나를 노린단 말인가?

그것은 내가 뒤에서 영향력을 끼친 것을 아주 확실하게 알았다는 말이 된다.

나는 징벌적 배상 제도를 후원하였지만 가능한 다른 루트를 통해 했기에 아는 사람이 몇 되지 않는다. 그리고 주동자 몇 명에게만 내 생각을 이야기했다.

만약 적들이 나를 파악했다고 해도 너무 기민한 행동이었다.

　그것은 이미 그 이전부터 알고 있었다는 이야기였다.

　그리고 결정적으로 과거 영등포의 날치파에 잠입했을 때 나는 칼침을 맞아 치명적인 상처를 입었다.

　그때 포션을 사용하지 않았다면 여지없이 죽었을 것이다.

　내가 침입했을 때 이미 조폭 20여 명이 기다리고 있었다.

　그때는 그런가 보다 하고 넘어갔지만 그가 정법의 나상미 간사를 좋아했을 때 따로 좀 알아보았다.

　특별히 걸리는 것은 없었지만 나상미 간사가 나중에 한 말을 종합해 볼 때 믿을 수 없는 사람이라고 결론을 내렸었다.

　그녀도 한때 그를 좋아할 뻔했었다면서 '그 사람은 정직하지 못해요'라고 말했다.

　그 후에 나는 그가 더욱 의심스러워졌었다.

　지금 생각해 보면 그는 나에게 정보를 주고 날치파에게는 침입자가 있을 것이라고 미리 언질을 주었을 것이다.

　그렇지 않았다면 조폭이 기다렸다는 듯 늦은 밤에 대기하고 있을 수는 없었을 것이다.

　아마도 아직까지 날치파를 친 사람이 나라고는 전혀 짐작하지 못했을 것이다.

　하지만 나와 관계가 있는 사람이라고는 짐작했을 것이다.

열두 명의 조폭을 처치한 실력자를 알고 있는 나라면 그들이 위협을 느낄 수도 있었을 것이라는 생각도 하게 되었다.

나는 안정훈 팀장에게 사인호 씨에 대한 조사에 돈을 무제한 써도 좋다고 알려주었다.

나는 '그 무제한이 얼마인가요?' 하고 묻는 그에게 대략 천억이라고 대답해 주었다.

그렇게 돈이 들 리는 없지만 그만큼 돈에 구애받지 말고 정보를 모으라는 소리였다.

내 목숨을 지키는 일 중 하나인데 돈을 아낀다면 어리석은 짓이었다.

저녁이 채 안 되어 그의 거처를 파악했다는 연락을 받고, 얼마 동안 더 정확한 정보를 수집하였다.

며칠 후 나는 인비저빌리티를 써서 집을 떠났다.

아내에게는 잠시 다녀올 곳이 있다는 말을 하고 말이다.

택시를 타고 그가 있는 동네 대로변에 내렸다.

스마트폰에 보내 온 영상에 의지해 그가 머물고 있는 곳에 숨어들어 갔다.

정보팀이 준 기계들을 이용하여 보안을 해제하고 CCTV가 있는지 살펴보았지만 건물 내에는 없었다.

창문을 통해 들어간 건물은 크고 화려하였다.

겉에서 보면 별 볼 일 없는 빌라였지만 안은 거의 아방궁

수준이었다.

온갖 명품 가구와 고액의 그림들이 집 구석구석을 메우고 있었다.

한국 최고의 부자인 내가 놀랄 정도니 다른 사람이 보면 놀라 뒤집어질 것이었다.

주위를 돌아다니면서 조사를 해도 별다른 것이 나오지 않았다.

딸깍.

문이 열리며 사인호가 들어왔다.

나는 투명화 마법에 사이런스 마법까지 사용한 덕분에 그에게 들키지 않았다.

그는 아무 의심 없이 자신의 방으로 들어가 잠시 이것저것을 하다가 시계를 보더니 노트북을 부팅했다.

노트북에 암호가 걸린 듯 주머니에서 USB를 꺼내 타이핑을 하자 모니터에 걸려 있던 락이 풀렸다.

나는 그 모습을 조용히 지켜보았다.

그는 몇 가지를 타이핑하고는 어디엔가 전화를 하였다. 그리고 모든 일이 끝났는지 전원을 끄려고 했다.

"슬리핑."

사인호가 기우뚱하더니 그대로 잠들어 버렸다.

나는 그를 침대에 눕히고 켜진 모니터를 보았다.

국내 경제인들 동향 보고, 정치인 동향 등등 방대한 자료들이 들어 있었다.

경제인의 서류들을 클릭하자 국내외 전, 현직 사업가들의 리스트가 뜨기 시작했고 내 이름도 찾았다.

김이열.

세계적인 부호가 될 사람이 확실함.

사전에 제거 요망.

나름의 비선 조직이 있는 것 같으니 주의 요망.

대략적인 내용은 이것이지만 수없이 많은 정보가 있었다.

나는 아공간에서 외장하드를 하나 꺼내 하드 자체를 카피하기 시작했다.

30분도 안 되어 하드가 완전히 카피되었다.

나는 개인 침낭 하나를 꺼내 사인호를 집어넣었다.

그를 들고 현관으로 나가려다 되돌아와, 올 때와 같이 창문을 통해 빠져나왔다.

그와 나에게 투명화마법을 걸고 두 정거장을 걸은 후에 어두운 곳에서 나에게 걸린 마법을 풀었다.

여전히 사인호에게 걸려 있는 마법은 풀지 않은 상태였다.

택시를 타고 예전에 드래곤 하트를 정제하기 위해 사놓았던 공장으로 갔다.

관리비는 통장에서 계속 빠져나갔기에 공장은 아무 탈 없이 유지되고 있었다.

공장 안은 예전과 다를 바가 없었다.

덩그렇게 놓여 있는 기계만이 이곳이 내가 사용했던 그 장소인 것을 알려줄 뿐이었다.

나는 침낭을 바닥에 집어 던졌다.

펙, 하는 소리와 함께 사인호의 신음 소리가 들렸다.

그가 깬 것 같았다.

침낭의 지퍼를 내리자 사인호가 나를 알아보았다.

"아, 김이열 회장님 아니십니까? 그런데 여기는 어딘지⋯⋯?"

그는 당황했는지 주위를 둘러보았다.

집에 있다가 갑자기 잠이 들었고 깨어나니 이상한 곳이라 잔뜩 경계를 하고 있었다.

"오랜만입니다, 사인호 씨."

"그런데 여기는 제가 왜 여기에?"

"납치되었지요, 저에게."

"네, 네?"

"저를 테러하셨으니 저도 해야죠, 그렇지 않습니까?"

"그게 무슨 말입니까? 누가 누굴 테러했다는 말입니까? 말도 안 됩니다."

"사인호 씨의 컴퓨터에서 제거 요망이라는 글자를 보았습니다."

"어떻게 그럴 수가……?"

"당신의 정보에 의해 죽은 사람들이 꽤나 많더군요. 자, 전 시간이 별로 없습니다. 함흥 고씨의 누가 당신에게 명령을 내린 것입니까?"

"무슨 소리요?"

나는 품에서 다크나이트 세이퍼를 꺼냈다.

투명하고 예리한 단검이 조명을 받아서인지 더욱 날카롭게 빛났다.

"일단 팔 하나를 자르고 시작하죠. 시간을 절약하기 위해서 말이죠."

나는 다크나이트 세이퍼를 휘둘렀다.

싸늘한 섬광이 지나간 자리에 피가 분수처럼 흘러내렸다.

"크악!"

그는 비명을 질렀다.

나는 아랑곳하지 않고 그를 바라보며 말했다.

"머뭇거리거나 거짓말을 하면 나머지 팔을 자르겠습니다. 그 후에는 뼈를 하나하나 바를 것입니다. 예전에 당신이 날치파에 정보를 넘겨줘 죽을 뻔했었는데 말이죠."

"그럼, 당신이 헬 나이트?"

"좋은 이름이군요."

말을 하면서도 끊임없이 흘러내리는 피로 인해 안색이 창백하게 변한 그가 한 손으로 상처를 거머쥐었다.

"크윽."

나는 아공간에서 포션을 꺼내 그의 팔에 조금 뿌렸다.

치이익.

상처에 보글보글 거품이 일더니 모두 아물었다.

"헉!"

그는 믿을 수 없다는 듯이 자신의 잘린 상처를 바라보았다.

"누구에게 보고를 했지?"

"…연부입니다."

"연부?"

"말씀하신 고씨 일가의 정보부입니다. 저는 국내 정보 담당입니다."

"고씨 일가가 포섭한 가문이 31개의 기업입니까?"

"아닙니다, 그중 반은 저희들에게 약점이 잡혔고 이해관계도 맞아서 동참한 것입니다."

"아는 대로 이야기를 해보십시오, 고씨 일가에 대해서요."

"말을 하면 저를 살려줄 것입니까?"

나는 그의 말에 고개를 좌우로 흔들었다.

그는 자신이 어떻게 해도 죽을 것이라는 것을 알자 낙담하였다.

"몸속에 있던 도청기도 모두 제거했으니 시간을 끌어봐야 나올 것은 아무것도 없습니다."

나는 디텍팅 마법을 사용하여 그의 몸에 붙어 있는 칩을 꺼내 부숴 버렸었다.

그는 나의 말에 놀란 듯, 신체 하나가 떨어졌을 때보다 더 당황했다.

"당신들은 도대체 무슨 생각을 하는지 알 수 없군요. 사람의 생명이 파리 목숨인지 마음에 안 든다고 테러를 일삼다니. 아무리 거대 세력이라고 해도 머리를 치면 팔다리는 물론이고 몸통도 다 죽게 됩니다. 함흥 고씨 일가의 모든 숨겨진 세력이 나타나는 순간, 이 땅에서 사라지게 될 것입니다. 일제 시대에는 일본 사람들에게 붙어 이 민족의 피를 빤 당신들이 이 고도로 문명화된 시대에서도 여전히 그 못된 짓을 계속하고 있더군요. 안 그런가요? 고홍철 씨?"

"헉!"

그는 놀라 눈이 튀어날 정도로 부릅떴다.

"당신들에게만 정보 조직이 있는 것은 아니죠. 당신이 말하지 않은 사실들은 금방 알게 될 것입니다."

"살, 살려주시오."

"저에겐 철칙이 있습니다. 먼저 공격하지 않는다. 아무에게도 신세를 지지 않고 위협도 하지 않는다. 단, 내게 걸어온 싸움은 반드시 싸워 이긴다. 예전에도 실천할 수 있었지만 당신들도 사람이라 참았던 것이죠, 잘 가시오."

나는 그의 몸에 파이어볼을 던졌다.

1서클의 파이어볼이 몸을 덮치자 그가 비명을 질렀다.

그의 몸은 쓰러지는 순간 재가 되어버렸다.

나는 멍하게 그 광경을 지켜보았다.

4서클이 되어 어느 정도 강력할 것이라고는 생각했지만 이 정도일 줄은 전혀 예상하지 못했다.

'아, 너무 가공스럽다.'

바닥에 타다 남은 뼛조각 몇 개가 보인다.

나는 다시 파이어볼을 발현하여 남은 뼈를 마저 태웠다.

사람 하나를 불로 태워 죽였음에도 생각보다 역한 냄새가 나지는 않았다.

너무나 강렬한 불이 순식간에 덮쳐서인 듯했다.

공장의 문을 열어놓고 환기를 시켰다.

시간이 지체되는 것 같아 윈드 마법을 썼다.

바람이 웽, 하고 불었다.

나는 급히 마나를 조절하여 바람을 약하게 했다.

순식간에 타다 남은 재와 냄새가 바람을 타고 허공으로 사라졌다.

　사람 하나를 죽이는 데 드는 시간이 너무나 짧아 오히려 당황이 될 정도였다.

　이렇게 사람을 죽이고도 점점 무감각해지는 내 모습에 환멸을 느꼈다.

　하지만 어쩔 도리가 없었다.

　이 땅에서 살려면 이렇게 하지 않으면 안 되었다. 그럼에도 내 모습이 궁색하게 보였다.

　하아, 존재하고 사멸하고, 그리고 후회하고.

　인간인 이상 완벽할 수 없고 살다 보면 잘못을 저지르게 마련이다.

　나는 다만 그것이 큰 죄가 아니기를 처음으로 이 세상에 존재하는 신에게 빌었다.

13장

5서클의 마법사

집에 돌아와 잠을 자고 일어나니 현주가 놀라 부르짖는다.

"여보! 당신 눈 왜 그래요?"

"뭐가?"

"충혈이 되어 있어요."

"그래?"

나는 아내의 말에 거울을 보았다.

핏빛의 눈이 거울 안에서 웃고 있었다.

마치 꿈속에서 보았던 그 드래곤의 눈과 비슷했다.

'도대체 왜?'

나는 달라진 눈을 바라보았다.

충혈된 눈이 아니었다. 마치 드래곤이 너도 별수 없군, 하고 조롱하는 듯한 눈이었다.

나는 현주를 안심시키고 서재로 갔다.

회사에는 오늘 쉰다고 비서에게 일러놓았다.

서재에 앉아 작은 거울로 다시 바라보았다.

역시나 거울 안에서는 경멸 어린 드래곤의 눈이 비웃고 있었다.

'꿈이 아니었단 말인가? 마르트라 오셀로라고 생각했는데, 그게 아니란 말인가? 그렇다면 왜?

머리가 멈춘 듯 아무 생각도 떠오르지 않고 머릿속에 윙윙, 하는 소리만 들리고 있었다.

드래곤이 아니라면 그 광포한 공포는 도대체 뭐란 말인가?

내 잠재의식의 발로인가?

끝없이 떠오르는 의심 속에서 나는 마나를 오랜만에 열심히, 아주 열심히 정성을 다해 수련하였다.

그동안 5서클의 벽에 막혀 수련을 등한히 했었다.

1서클의 마법으로도 무서울 것이 없는데 굳이 5서클이 필요할까, 하는 마음을 가졌었다.

조용히 앉아 마나를 관조하였다.

온몸을 뛰놀던 마나가 나를 바라본다.

강아지처럼 꼬리를 살랑살랑 흔든다.

마나는 생명력을 가졌으며 또한 마법사의 의지에 공명한다. 그래서 마법사는 마법을 쓸 수 있게 되는 것이다.

마법사의 의지에 공명한다는 것은 마나도 의지를 가지고 있다는 것이다.

아주 미약하지만 마나는 스스로 흐르며 돈다.

세상으로 뛰쳐나가려고 하지만 몸 안에 갇힌 마나는 피를 따라 돌며 마법사의 생각에 공조한다.

마나 수련을 등한시할 수 없는 이유가 여기에 있었구나.

'자, 나와 함께 가자.'

마나가 깡충깡충 뛰며 따른다.

'자, 가자. 5서클의 벽을 깨부수러.'

마나가 더욱 신이나 깡충거리며 뛴다.

마나가 심장을 돌고 돈다.

막대한 에너지를 삼키고 가동되는 터보엔진이 마치 폭발하는 활화산처럼 분출한다.

순간 눈앞에 환한 빛이 어리는 듯한 착각을 잠시 느꼈는데 심장에 5개의 고리가 안착되어 있었다.

'아, 나는 5서클의 마법사가 되었구나.'

감격스러웠다.

몸은 생명력으로 가득했고 힘이 넘쳐흘렀다.

7서클에 이르면 육체를 재구성할 수 있게 된다.

아주 약간 욕심이 나긴 했다.

불멸에 가까운 생명력을 가지는 것은 분명 축복이다.

하지만 나는 아내와 함께 늙어가면서 같이 죽고 싶었다.

어떻게 내 눈으로 아내만 늙어가는 모습을 본단 말인가?

그리고 내 딸들이 늙어가는 것을 지켜본다는 것은 축복이 아닌 저주다.

자연의 법칙이 존재하는 이유는 그것이 가장 적합하기 때문이다.

계절이 감에 따라 봄이 되고 여름이 오고 가을을 지나 겨울이 다시 오는 것은 그래야 자연이 건강하기 때문이다.

그러나 지구가 파괴되면서 이상기후가 생기고 계절이 뒤틀린다.

자연을 위해서라면 화학에너지의 소비를 줄여야 한다.

그런데 중국을 비롯하여 새로운 공업국가가 자꾸만 생겨나고 있다.

그들에게 지구의 건강을 위해 너희는 계속 가난하게 살라고 말할 수는 없는 것이다.

'생각해 봐야 할 문제군.'

나는 일어나 거울을 보았다.

나를 비웃던 그 붉은 눈동자가 자취를 감추었다.

아직 나에게 일어나는 이 미묘한 증상에 대해 모른다.

짐작하는 것은 분노를 할수록, 그리고 살의를 품을수록 마음이 점점 건조해지고 상대방의 고통에 무감각해진다는 것이다.

딸들이 아파도 어쩌면 마음이 아프지 않을지 모른다는 생각을 하자 소름이 끼쳤다.

그렇게 되면 나는 인간이라 말할 수도 없는 존재가 되는 것이다.

서재를 나와 현주를 찾았다.

"아, 여보."

현주가 반가운 얼굴로 눈이 다 나았네요, 하며 웃는다.

아, 나를 걱정해 주고 사랑해 주는 사람이 있음을 순간 잊고 있었다.

이렇게 평범한 일상이 내게는 얼마나 소중한 것인지 다시 깨닫게 되었다.

점심때가 다 되어 유진이와 현진이가 '아빠!' 하고 달려온다. 유치원 봄방학인가 보다.

품에 안긴 이 작은 생명체에 한없는 애정을 담아 바라보았다.

내 모든 것을 주어도 부족함이 없는 나의 아이들.

나는 아이들을 한동안 안고 딸들의 체취를 느끼고 솜사탕 같은 부드러운 피부를 만지며 내가 아빠야, 하고 감격했다.

손을 잡고 아래층으로 내려가 점심을 먹었다.

어머니가 홍차를 마시며 걱정스러운 얼굴로 말씀하신다.

"요즘 걱정되는 일이라도 있니?"

"아니요, 괜찮습니다."

"그래?"

아들이 걱정스러우셨는지 말씀하시는 표정이 좋지 않으셨
다. 그러고 보니 어머니의 안색도 예전보다 못해지셨다.

부모는 자식이 말하지 않아도 자식이 어떤 상태인지 알아
차린다.

이런 생각을 하자 괜히 죄스럽고 송구스러워졌다.

아내가 있고 자식이 있는 아들이라도 부모의 눈에는 여전
히 소중하고 귀한 자식이다.

겉으로 표현을 못해도 여전히 나는 부모님의 걱정스러운
아들이다.

이 나이에 어머님을 걱정시켜 드린 것 같아 너무 마음이 아
팠다.

테러를 당하고 또 주위를 얼쩡거리는 그놈들에게 신경을
썼던 것이 표정으로, 몸으로 나타났었나 보다.

"좀 신경 쓰이던 것이 있었는데 이제 해결되었어요."

"그러니? 다행이구나."

그제야 안도를 하시는 어머니.

현주도 그런 어머니의 표정에 살짝 긴장을 하다가 미소를 지었다.

세상을 살아가는 데 크고 작은 일들이 없다면 거짓된 인생이다.

평탄한 인생으로 보여도 그 사람 나름의 시련이 존재하게 마련이다.

막말로 힘들다고 자살한다면 우리나라 인구의 반은 죽어야 할 것이다.

그만큼 누구나 남이 알지 못하는 슬픔과 고통을 안고 살아간다.

겉으로는 아무 이상이 없는 젊은 청춘도 실연의 고통으로 마음은 시꺼멓게 죽어 있을 수도 있다.

거리를 다니면 아픈 사람 하나 없는 것 같은데 병원에 가면 왜 이리 아픈 사람이 많은지.

사람들은 아픈 것을, 슬픈 것을 다만 숨기고 살아갈 뿐이다. 내 슬픔도 가족에게 말하지 못하지만 사랑하는 사람들이 있으니 묵묵히 견디는 것이다.

내 속에 있던 절망과 비통함은 과거로 회귀함으로 인해 사라졌다.

하지만 여전히 내 인생에는 나름의 고통이 있다.

나는 내가 가진 부가 부담스러웠다.

부자가 아니라면 나는 자유롭게 시장에 가서 열심히 살아가는 사람들의 면면에서 힘을 얻을 수도 있고, 아이들과 손을 잡고 석촌호수길을 걸으며 자연과 생명에 대해서 말해줄 수도 있을 것이다.

아주 작은 범위이지만 나는 자유를 잃어버렸다.

그런데 그것은 내가 소중히 여기던 것들 중 하나였다.

오랜만에 딸들과 놀았다.

엘리스는 여전히 유진이만 주인으로 따랐지만 현진이가 심통을 부리고 때려도 묵묵히 다 받아주었다.

아이들은 깔깔거리다가 울고 떼를 쓴다. 이내 일어나 다시 뛰어논다. 이렇게 보고 있으면 아이들에 의해 내 마음이 마구 요동을 친다.

화나고 즐겁고.

내 자식이니까 그런 것이다.

『도시의 주인』 7권에 계속…

이제부터 전자책은

이젠북

www.ezenbook.co.kr

새로운 세계가 열린다!

한백림 『천잠비룡포』	천중화 『그레이트 원』
좌백 『천마군림』	송진용 『몽검마도』
현대백수 『간웅』	김석진 『더블』
김정률 『아나크레온』	백연 『생사결─영정호우』
임준후 『켈베로스』	예가음 『신병이기』
진산 『화분, 용의 나라』	남운 『개방학사』

이름만 들어도 황홀할 정도의 별들의 향연!

이들의 "유료연재"가 시작됩니다!

검색창에 **이젠북** 을 쳐보세요! ▼ 🔍

김현우 퓨전 판타지 소설

레드 크로니클
Red Chronicle

「드림워커」, 「컴플리트 메이지」의 작가
김현우가 색다르게 선보이는 자신작!

「레드 크로니클」

백 년의 세월 검을 들고 검의 오의에
다가선 남자 티엘 로운.

모든 것을 베는 그가 마지막으로
검을 휘둘렀을 때
그를 찾아온 것은 갈라진 시공간,
그리고… 자신의 젊은 시절이었다!

"하암, 귀찮군."

검의 오의를 안 남자가 대륙을 바꾼다!
티엘 로운의 대륙 질풍기!

Book Publishing CHUNGEORAM

유행이 아닌 자유추구 -
WWW.chungeoram.com

FANTASY FRONTIER SPIRIT

조각의 주인

임진운 판타지 장편 소설

『대공학자』의 임진운. 10년 만의 귀환!

평범한 일상 속에서 우연치 않은 계기로
새로운 힘을 손에 얻게 된 두 소년.

"나는… 룬아머러가 되겠다!"

신들이 남긴 최고의 선물을 둘러싼
룬아머러들의 이야기가 펼쳐진다.

Book Publishing CHUNGEORAM

유행이 아닌 자유추구 ~
WWW.chungeoram.com

용병귀환

유왕 판타지 장편 소설

수십 년 전, 용병왕의 등장으로 생겨난
왕국과 용병의 세계.
평소엔 한없이 가볍지만 화나면 누구보다 무서운,
놀고먹고 싶은 그가 돌아왔다!

하지만 바람과는 달리 과거 그의 앙숙과 대륙의 판도는
도저히 그를 놓아주질 않는데……

"용병은 그냥, 돈 받고 칼을 빌려주는 놈들이니까."

그의 용병 철학은 단순했다.

"물론, 누구에게 빌려주느냐가 문제겠지?"

Book Publishing CHUNGEORAM

유행이아닌 자유추구 -
WWW.chungeoram.com

원생 新무협 판타지 소설

FANTASTIC ORIENTAL HEROES

천예
무황

天藝武皇

진짜배기 무협의 향기가 온다!

『천예무황』

산중에서 평화로이 살던 의원 설운.
평범하게만 보이는 그에게는 씻을 수 없는
과거가 있었으니……

칠 년의 세월을 지나
피할 수 없는 과거의 업(業)이 다시 찾아온다.

'잊지 마오.
세상 모든 사람이 다 그대를 잊은 그때에도
나는 그대를 기억하고 있음을.'

정(正)과 마(魔)의 갈림길.
무림을 덮은 혈풍 속에서 선(善)의 길을 걷다!

Book Publishing CHUNGEORAM

유행이 아닌 자유추구 -
WWW.chungeoram.com

말년병장 이등병되다!

에바트리체 장편 소설

FUSION FANTASTIC STORY

대한민국 남자라면 알고 있을 바로 그 이야기!

『말년병장, 이등병 되다!』

전역을 코앞에 둔 말년병장, 이도훈.
꼬장의 신이라 불리던 그가 갑자기 훈련병이 되었다?!

"…이런 X같은 곳이 다 있나!"

전우애 넘치는 군인들의
좌충우돌 리얼 군대 이야기!

Book Publishing CHUNGEORAM

유행이 아닌 자유추구 -
WWW.chungeoram.com